兹诚挚感谢

光华教育基金会总干事

润泰集团总裁

北京大学名誉校董

尹衍樑博士

倾力支持

北京大学"大学堂"顶尖学者讲学计划

贡献教育　嘉惠良多

# 科学之路行与思

## 诺贝尔奖得主北大演讲录

韩 笑 主编

#### 图书在版编目（CIP）数据

科学之路行与思：诺贝尔奖得主北大演讲录/韩笑主编. —北京：北京大学出版社，2016.6
ISBN 978-7-301-26962-6

Ⅰ.①科… Ⅱ.①韩… Ⅲ.①演讲–世界–选集 Ⅳ.①I16
中国版本图书馆CIP数据核字（2016）第040493号

| | |
|---|---|
| 书　　名 | 科学之路行与思：诺贝尔奖得主北大演讲录<br>KEXUE ZHI LU XING YU SI |
| 著作责任者 | 韩　笑　主编 |
| 责任编辑 | 黄　炜　陈小红 |
| 标准书号 | ISBN 978-7-301-26962-6 |
| 出版发行 | 北京大学出版社 |
| 地　　址 | 北京市海淀区成府路205号　100871 |
| 网　　址 | http://www.pup.cn　新浪微博：@北京大学出版社 |
| 电子信箱 | zpup@pup.cn |
| 电　　话 | 邮购部 62752015　发行部 62750672　编辑部 62752021 |
| 印刷者 | 北京中科印刷有限公司 |
| 经销者 | 新华书店 |
| | 720毫米×1020毫米　16开本　13.75印张　插页4　178千字<br>2016年6月第1版　2016年6月第1次印刷 |
| 定　　价 | 46.00元 |

未经许可，不得以任何方式复制或抄袭本书之部分或全部内容。
**版权所有，侵权必究**
举报电话：010-62752024　电子信箱：fd@pup.pku.edu.cn
图书如有印装质量问题，请与出版部联系，电话：010-62756370

# 序　言

饶　毅

诺贝尔科学奖之所以有较为崇高的声誉，除了诺贝尔奖的历史、评审委员会的认真之外，诺奖得主也是重要的原因。绝大多数诺奖得主绝对不是圣人，少数得主确是天才，而大部分不是天才，他们能够取得重要的发现或突破，原因在于他们超乎常人的努力工作。纵观诺奖得主的经历恰恰表明，智力很平常的人也可做出很重要的工作。例如，试管婴儿技术是1950年的工作，2010年获诺贝尔奖。它既不是科学创造也不是技术革新，而是属于工艺改进，但对人类的意义重大。做这种扎实认真的工作不需要天才。另外，大部分诺贝尔奖奖励的不是圣人，奖励的是他们凭借坚持和努力完成的高质量的工作，是他们在科学方面做出的对人类非常重要的贡献。

每年诺奖评选结果公布之后，也同时会公布对这些获奖者的成果的科学评价。讨论这些获奖者的相关的科学研究，有助于公众了解科学、达到传递科学的精神价值的目的，还有助于科学界重温研究历程，让学生学习和理解科学工作。2011年诺贝尔生理学或医学奖获得者博伊特勒曾来到北大（本书也收录了他的演讲内容），我曾主持其演讲。在这个演讲中，博伊特勒更多地与听众分享了他的科学研究的历程，帮助学生学习和理解他所从事的科学工作，他对自己研究中的辛酸则是轻描淡写。记得当时我曾提醒年轻的朋友们记住博伊特勒的几个故事：记住他曾经的艰辛；记住1998年当他的科研工作正在出色地进行时，被"踢"出了霍华德·休斯医学研究所的沮丧；记住后来他终于做出了研究突破，试图说服研究所继续提供资助时，仍然遭受的非常不公平的待遇。其实我更想让我们的学生知道的是，所有人都可能会在某些时候被不公平地对待，在荣耀后面往往可能有艰辛。

北京大学自2012年起设立"大学堂"顶尖学者讲学计划，邀请包括诺贝尔奖获得者在内的一流学者在北大的讲台上发表演讲。放眼全球，重要的高等学府或研究机构也举办类似的荣誉性讲座，并且已经成为一种学术传统。知名的讲座项目，如哈佛大学的诺顿讲座、BBC的里斯讲座，往往能够延续数十年，不仅在专业领域内享有权威性和影响力，同时也面向公众发言，推动前沿学术的广泛传播。作为中国"研究高深学问"之所，北京大学历史上素有延聘国际知名学者、开展学术交流的传统，包括杜威、罗素在内的学术巨擘都曾来访讲学，带动了北大相关领域在前沿问题的研究探讨，也增添了这所百年学府的光辉。大学中浓厚的求知氛围的培养，仅靠这些诺贝尔奖获得者的推动还远远不够，但这至少搭建了一个对话的平台，让这些重要的开创者和思想家的科研经验与思想在这里汇聚，感染众多的青年学生，让青年学生明白什么是科学的终极目的，什么是实事求是、诚实诚信的科学态度，并能在这个过程中分享这些学者科学发现中的精神享受。

北大国际合作部从历年来入选"大学堂"顶尖学者讲学计划的演讲中，选出其中八位诺贝尔科学奖获得者的演讲，整理成这本《科学之路行与思》正式出版，并力邀我为图书做序。科学之路也是很有趣的，我在科学之路上也走了一段时间，它已成为了我人生中很重要的部分。科学之路上的长行让人有了至深的体验：行是无畏、坚持，思是智慧、自省。这种无畏、坚持、智慧和自省也是科学的精神价值，值得进行广泛传播。

谨以此为序。

# 目 录

人体如何识别外源微生物：探索微生物世界

              布鲁斯·博伊特勒 / 2

BEH机制与标量玻色子：用创造力超越我们眼见的世界

              弗朗索瓦·恩格勒 / 40

一个美丽的诉求：探索自然的天斧神工

              弗朗克·韦尔切克 / 64

解密细胞增殖

              保罗·纳斯 / 88

蓝光发光管的发明及其发展前景

              天野浩 / 116

蓝光发光管、激光器及半导体照明的发明历程

              中村修二 / 136

加速膨胀的宇宙：一项酝酿已久的诺贝尔奖

              布莱恩·施密特 / 156

运动：生命的特征

              马丁·卡普拉斯 / 190

后记                / 213

# 人体如何识别外源微生物：
## 探索微生物世界
# HOW WE SENSE MICROBES

2013年04月08日 10:00-11:30
北大生命科学学院101邓祐才报告厅

主讲人：**布鲁斯·博伊特勒**
2011年诺贝尔生理学或医学奖获得者

**布鲁斯·博伊特勒**
Bruce A. Beutler

**个人简介：**

布鲁斯·博伊特勒（Bruce A. Beutler）美国著名免疫学家和遗传学家。1957年12月出生于伊利诺伊州芝加哥，1977年进入芝加哥大学学习医学，并于1981年毕业于芝加哥大学并获医学博士学位（MD），之后在洛克菲勒大学和西南医学中心从事科学工作，获得霍华德·休斯医学研究所资助。目前是西南医学中心"宿主防御遗传研究中心"的主任，斯克里普斯研究所遗传学系主任。1985年，博伊特勒博士发现肿瘤坏死因子TNF在炎症应答方面发挥关键作用，从而发明TNF抑制剂Etanercept（恩利、依那西普），是目前全球首个、也是最为成功的治疗类风湿关节炎、牛皮癣和强直性脊柱炎的生物制剂，已经在全球80个国家超过200万患者中得到应用。1998年，博伊特勒博士领导的小组通过艰苦卓绝的研究发现了细菌感染机体激活天然免疫反应的受体TLR4，并以此开创天然免疫研究的新领域。2009年博伊特勒博士获得奥尔巴尼医学中心奖 。2011年博伊特勒博士与朱尔斯·霍夫曼及拉尔夫·斯坦曼获得诺贝尔生理学或医学奖。

主办单位：北京大学生命科学学院　　北京大学国际合作部

## 专家导读

撰文：北京大学生命科学学院蒋争凡教授

布鲁斯·博伊特勒（Bruce Beutler）是美国著名免疫学家和遗传学家，现任美国得克萨斯西南医学中心（UT Southwestern Medical Center）"宿主防御遗传研究中心"主任，斯克利普斯研究所（The Scripps Research Institute）遗传学系主任。他是免疫学界国际公认的领导者，是免疫领域最有影响力的人物之一。因发现先天免疫的激活机制，他与朱尔斯·霍夫曼（Jules A Hoffmann）及拉尔夫·斯坦曼（Ralph Marvin Steinman）共同分享了2011年诺贝尔生理学或医学奖，并在同年获得了邵逸夫生命科学与医学奖（Shaw Prize in Life Science and Medicine）。

1957年12月，博伊特勒出生于伊利诺伊州芝加哥，他的父亲欧内斯特·博伊特勒是个遗传学家，他从小就受到父亲的熏陶，对自然科学尤其是生物学表现出强烈的兴趣爱好。在父亲的鼓励下，14岁的博伊特勒就开始在他父亲的实验室——希望医疗中心（City of Hope Medical Center）工作。他利用放学后或是周末假期的时间，学会了测定红细胞酶和分离纯化蛋白质，这些技能为他以后的职业生涯打下了扎实的基础。1976年，18岁的他即本科毕业于圣地亚哥加利福尼亚大学，获生物学学士学位。博伊特勒1977年进入芝加哥大学学习医学，1981年毕业并获医学博士学位，此时他只有23岁。

1983年，博伊特勒进入洛克菲勒大学Anthony Cerami实验室从事博士后研究，并于1985年任洛克菲勒大学助理教授。在那里他迈出了人类科学史上重要的一步——发现恶液质素（Cachectin，导致被感染动物产生消耗综合征）就是肿瘤坏死因子TNF。1986年至1999年，博伊特勒任职于西南医学中心，并获得霍华德·休斯医学研究所（The Howard Hughes Medical Institute）资助，1996年晋升为正教授。在德州大学西南医学中心的这14年时间里，博伊特勒系统地研究了TNF生物合成和LPS信号通路。他发现肿瘤坏死因子TNF在炎症应答方面发挥关键作用，并进一步创造性地发明了肿瘤坏死因子α（TNFα）抑制剂Etanercept（恩利、依那西普，一种TNF受体-IgG1融合蛋白，特异性抑制TNF），这是全球首个，也是目前最为成功的治疗类风湿关节炎、牛皮癣和强直性脊柱炎的生物制剂，已经在全球80个国家超过200万患者中得到应用。

博伊特勒在西南医学中心从事TNF研究期间，经常反复问自己："细菌内毒素LPS是如何被识别的？生命体到底是如何识别病原微生物感染的？很明显我们进化出了天然免疫系统来识别病原微生物，这与适应性免疫无关。"博伊特勒认为天然免疫系统首先是自我耐受的，而且必须通过识别病原微生物的分子发挥作用。但限于20世纪80年代的科研条件，直到1993年，博伊特勒才真正开始利用遗传学的方法尝试去寻找内毒素LPS的受体。利用这一方法，博伊特勒用了五年的时间去追踪导致突变小鼠不能识别LPS的基因。尽管在博伊特勒全身心努力集中研究LPS受体的时候，他父亲曾经好心地劝他"不要把所有鸡蛋都放一个篮子里"，可博伊特勒就认准这个项目，毅然决然地安排整个实验室都集中研究这个难题。这项艰苦的工作持续了近十年，最后连霍华德·休斯医学研究所都不愿再继续资助，但博伊特勒咬牙坚持，甚至实验室最后一台测序仪都自掏腰包购买。苍天不负有心人，1998年，博伊特勒实验室通过艰苦卓绝的研究，终于证实小鼠体内识别LPS的受体是TLR4，并以此开创了天然免疫研究的新领域。2009年博伊特勒获得奥尔巴尼医学中心奖（Albany Medical Center Prize），该奖项表彰了博伊特勒为治疗数百万炎性疾病患者所作出的重大贡献。

在发现LPS识别受体之后，2000—2011年，博伊特勒任美国斯克利普斯研究院免疫学教授，并在那里正式成立了正向遗传学计划。正是基于LPS的发现历程，博伊特勒非常钟情于正向遗传学，通过表型不断缩小基因型的范围，并最终找到靶基因。这个过程非常美好，同时也是令人叹服的。博伊特勒认为，在过去的十年里，科学领域发生了翻天覆地的变化。在以前，追踪突变小鼠中的缺陷基因，找到其因果联系是非常困难的。最经典的例子就是LPS受体的寻找，这是非常耗时和艰苦的，而新的测序方法的出现极大地推动和缩短了这一过程。如今的高通量测序甚至可以将以往需要几年的测序压缩到两个小时。博伊特勒的目标是建立每一个基因所对应的表型突变,这样可以进行系统的实验去研究免疫系统所执行的特定的生物学功能。

在忙碌的科研生活中,博伊特勒基本上没有自己的个人生活,也从来没有节假日。只要不外出做学术报告,早6点到晚9点必定在实验室里辛勤工作。在工作中他向着伟大的目标坚持不懈地前进,执着于自己的兴趣。在生活中他风度翩翩,平易近人,温暖的笑容总能给人带来无尽的力量。在与学生们分享诺贝尔之路时,他总能和学生们促膝交流,娓娓而谈,不急不慢,为大家带来一场场思维的盛宴,折射出一个诺贝尔大师身上所具备的独有的气质。而在严肃紧张的科研之外,博伊特勒也特别喜欢巴赫的音乐,甚至试着自己谱曲和亲自弹奏,这或许是他获得科研灵感的另一来源。

2015年,在他以前的学生韩家淮院士的倡导和帮助下,博伊特勒博士在厦门大学设立了博伊特勒书院,为有志于生命科学研究的优秀学生提供独特的学习平台。这个平台将对开拓学生学术视野,提升国际思维能力发挥重要作用,必将会成为生命科学领域未来科学家的摇篮,为我国高等教育改革创新作出积极贡献。

## 人体如何识别外源微生物：
# 探索微生物世界

我非常荣幸能够来到这里,也非常感谢刚才众位的掌声。我曾经来过一次北大,我认为这是一所具有引领地位的学校,而我面对你们这样一群优秀的学生也有一点紧张。我知道你们都很优秀,因为我感觉你们中的一些人毫不逊色于当初我们组的蒋争凡。我认为在过去的八年中,中国的科学研究在有条不紊地进行着,并且有着更加迅捷的对外合作,我也期待着这所大学在将来有更加杰出的研究。

接下来我会为大家回顾一下刚才几分钟的介绍中所说到的一些内容,我也想告诉你们,我是如何着迷于某一个科学问题的。首先我介绍一下这个科学问题的背景,以及我们如今所知道的关于如何感知微生物以及受到感染后我们的免疫系统如何首先发现它们的存在的。我认为这是困扰我们这个物种——人的重要科学问题之一。原因很简单,在我们所能追溯到的生物进化过程中,传染病杀死的人比任何其他因素杀死的都要多,包括战争和犯罪、大型猫科动物的捕食以及任何你能想到的原因。我们不得不把传染病视为一个需要严肃对待的医学问题。关于这个问题有一个人口统计学的论据。

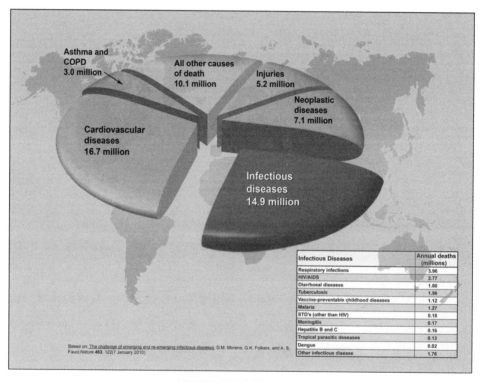

感染性疾病导致的高死亡率

我们来看人类寿命的长度，这个结果完全取决于我们在历史上生存于何时与何地。我从J. L. 卡萨诺瓦[①]那里得到了这些记录，他研究了2000年的英国，人们能够活到的中位数年龄为80多岁，这种情况在如今的中国也能够达到。然而在同一年，令人震惊的是，在莫桑比克中位数年龄仅大约为39岁。你可能会猜到，其中的大部分原因是由于传染病。这看上去有些可怕也有些不公，但我猜我们都能推断这是怎么发生的。而真正使我震惊的是，如果我们回顾1860年

---

① 卡萨诺瓦（J. L. Casanova），法国生物学家，美国洛克菲勒大学教授，霍华德·休斯医学研究所研究员。

的英国利物浦，保存良好的记录显示中位数年龄大约是10岁。你可以想象一下如果你出生在当时的英国的情形，当时的英国正处于王权鼎盛时期并且是地球上最强大的国家，尽管如此，他们却并不能保证人们平均能活过十年。同样令人惊讶的是，如果再继续回溯历史，情形并没有太大的改变。德国布雷斯劳在1690年的数据显示，中位数年龄同样还是在10岁。通过考古学的记录得到的新石器时代、甚至旧石器时代的情况都差不多。如果我们查阅生存曲线，可以注意到在生存曲线上有一个非常早的下降，接下来我也会告诉你们这主要是由于传染病的原因。

如果我们今天重新来看地球上各个地区以及时代，我们会发现传染疾病杀死了大约四分之一的出生人口，当然这包括了疾病肆虐的国家和良好防控的国家。

尤其传染病不同于其他死亡原因的特殊方面是，其导致的死亡人口大都是在生育年龄之前的。如果将44岁看作生育年龄的极限，我们会发现到目前为止，传染病是年轻群体的最主要的死亡原因。

而这当然也说明了传染病曾经对于我们这个物种是一个非常强大的选择压力。而目前，它仍然是操作我们基因的主要选择压力。它的这种作用贯穿了我们物种的进化，事实上也同样贯穿了整个多细胞生物的进化。传染病本身促使我们免疫系统进化到如今的复杂机制，包括先天免疫和获得性免疫。我们知道许多基因已经进化或者团结起来以进行免疫，而我们并不知道具体有多少这样的基因，所以等一会儿我会对这方面进行阐述。尽管如此，这个数目仍然非常巨大，这也意味着免疫系统有很多方面可能会出错，而已经有许多突变导致的免疫缺陷以及自身免疫或炎症类疾病，这本身就是一个主要的医药研究部分。

再回到维多利亚时期的英国，当时传染病是个非常严重的问题，而那几年主要的死因现在认为是天花、伤寒、肺结核以及霍乱。然而并没有人知道这些疾病是由微生物引起的。当时人们生活在知识的黑暗时代，虽然有一些尝试

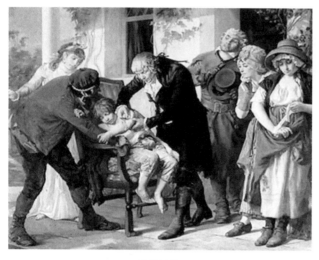

牛痘接种

用于缓解这些破坏性的疾病（比如天花），但主要都是以经验为主。我想你们大部分人都见过这幅画，画中詹纳①在给James Phipps注射一种物质，这是从一位名叫Sarah Nelmes的挤奶女工手上的水泡中得到的。这是第一次疫苗（牛痘接种）的尝试，而不再是之前常用的天花接种（人痘接种）。尽管没有人真正知道具体的机制是什么，这种方法却能根除天花并最终被发扬光大。

像现在一样，当时的人们对疫苗也非常担忧。这是另一幅反对疫苗的团体画的一幅漫画。当时一种普遍的观点认为牛痘疫苗会导致肢体、鼻子或者嘴巴上长出牛的附属物，而这当然并没有发生过。当医学界发生新的变化时，人们总是有点迷信。

但是不管怎样，在那种知识的黑暗时代，对于传染病的研究还是在进行着，然而并没有确凿的机制将传染病与微生物联系在一起。曾经有一些模糊的观点是关于传染病如何在个体之间进行传播的，而当时的争论主要围绕在传染病的传播是由于瘴气（miasma）还是触染（contagion）这个问题上。瘴气假说认为是空气中的物质使传染病在个体间传播；而另一方面，赞同触染假说的人们认为必须是感染者与未感染者之间存在直接的接触才会传染。但

---

① 爱德华·詹纳（Edward Jenner, 1749—1823），英国医生，以研究推广牛痘疫苗、防止天花而闻名，被称为"疫苗之父"。

是并没有人想到这两种途径都可能发生,而且这并不是传染病研究值得考虑的主要问题。

反对牛痘接种的讽刺漫画

当时的医生,甚至古代的医师已经知道活体中的感染与死亡的生物组织的腐烂有着众多相似之处。很显然,一条严重受伤的腿可以让人们闻到类似腐烂的臭味,因为它会释放硫化氢、氨气以及硫醇。总而言之,类似这样的伤口看起来特别像一块正在腐烂的肉或植物。

早在免疫学成为一门确定的学科之前,已经有许多科学家和杰出的医生开始通过向动物注射腐烂的有机物(包括动物材料和植物材料)来研究这个问题。这最初是由阿尔布莱克·哈勒[1]和弗朗索瓦·马让迪[2]进行的,他们发现这

---

[1] 阿尔布莱克·冯·哈勒(Albrecht von Haller,1708—1777),瑞士解剖学家、生理学家、博物学家、诗人,常被称作"现代生理学之父"。

[2] 弗朗索瓦·马让迪(Francois Magendie,1783—1855),法国生理学家,实验生理学的开拓者。

种注射会导致动物产生发烧症状,并最终导致一种严重的、类似感染的中毒并发症。因为他们正处于显微镜发明之前的时代,所以他们并没有合适的手段来确定参与这个过程的毒性物质是什么。在后来分析化学取得了一些进展的时候,他们的继任者们,包括恩斯特·伯格曼[①]、比尔罗特[②]和帕纳[③],开始系统地寻找那种使受感染的动物患病的毒性物质。在这个领域做出最大进展的是帕纳。他生于1820年,卒于1885年。作为一名流行病学家,他因对法罗群岛的麻疹研究而闻名于世,但他当时正在分离一种被他称为"腐败毒素"(putrid poison)的物质,并从腐烂的有机物中发现了一种不溶于酒精但可溶于水的物质,这种物质因其耐热性而区别于其他典型的酶类。它其实不是蛋白本身,而是可以被蛋白所吸收。帕纳从其最终最好的制备中发现,12mg的"腐败毒素"就足以通过造成高烧来杀死一只大狗。他在1874年写下了他的工作,而实际上他在1856年就进行了这项研究。1874年德国疾病理论的发展已经使他能够写到这不是简单的发酵过程的终产物。他当时知道有微生物参与了这个过程,但1856年的时候他并不知道这一点。事实上,如今我们通过他的描述可以知道,当时他分离出来的物质就是后来所说的内毒素,或者脂多糖(LPS)。

　　传染病研究的重大突破,显然是从对传染媒介——病菌的识别开始的。这方面的研究应当归功于巴斯德[④]和科赫[⑤],而且正是科赫的一名学生法伊弗[⑥]第一个命名了"内毒素"(endotoxin)。法伊弗在19世纪90年代开始与科赫一起工作。当时他有两个选择:研究结核病或者研究霍乱,他选择了后者。他发现将纯培养的霍乱弧菌通过加热杀死后注射进豚鼠体内,这些被杀死的病菌本身并

---

[①] 恩斯特·冯·伯格曼(Ernst von Bergmann, 1836—1907),德国外科医生,无菌外科手术的开拓者。
[②] 西奥多·比尔罗特(Theodor Billroth, 1829—1894),奥地利外科医生,现代腹部外科的奠基人。
[③] 彼得·帕纳(Peter Panum, 1820—1885),丹麦生理学家、病理学家,细菌内毒素发现者。
[④] 路易·巴斯德(Louis Pasteur, 1822—1895),法国化学奖、微生物学家,微生物学鼻祖。
[⑤] 罗伯特·科赫(Robert Koch, 1843—1910),德国医生、微生物学家,现代病原细菌学奠基人。
[⑥] 理查德·法伊弗(Richard Pfeiffer, 1858—1945),德国医生、细菌学家。

不会造成感染，但会导致发热以及血流动力衰弱。法伊弗认为这是一种与病菌的躯壳物质有关的毒素。他并没有意识到他寻找的分子其实是微生物表面的抗体，而这正是之后相关研究的主要对象。

法伊弗是一位具有相当丰富经验的微生物学家，一生中共被诺贝尔生理学或医学奖提名了33次，那么为什么他所做的研究这么重要，终身备受推崇呢？首先是因为每一天都有几百人死于革兰氏阴性菌感染，而其原因被认为是由于这种被他发现并命名为内毒素的物质造成的。其次是因为内毒素休克是一种严重的全身性炎症反应，没人真正知道这种炎症从何而来，是什么导致了炎症的发生，必须有一种特定的物质作为起始点，然而并没有人知道这是什么，而法伊弗的工作正是打开了这扇通往了解炎症如何发生的世界的大门。

从这之后的几十年，人们逐渐发现只有革兰氏阴性菌会产生法伊弗所说的内毒素，同时也发现内毒素是细菌表面的一种物质。它是一种外膜的外侧叶上的主要糖脂类成分（革兰氏阴性菌有两层被肽聚糖分开的磷脂膜），并且这外层膜上的分子脂多糖，正是法伊弗之前认定为内毒素的物质。研究发现，它由多糖部分与脂质A（Lipid A）部分组成，脂质A部分正是具有毒性的部分。人们最终合成了不同种类的脂质A分子，并发现它们都能重现几十年前称为"法伊弗效应"的现象。

如今我们知道脂质A的特定部分结构，尤其是脂质IVa具有的四个分离部分使它们具有物种特异作用。脂质A是有毒性的，它在人类细胞和鼠细胞中都是激动剂；脂质IVa在鼠细胞中是激动剂，而在人类细胞中却是拮抗剂。这在之后的故事中也会提到，所以请记住这一点。

我自己在这一领域的工作直到20世纪80年代初才正式开始。我之前在医学院期间，甚至更早时，就已经听说了脂多糖（LPS），我知道它是一种能够导致发热的重要物质，但它的具体研究并没有得到很好的发展。没有人知道脂多糖受体是什么，而我或多或少感觉到这正是一种值得研究的有趣的内容，但我直到成为博士后之后才开始自己进行这方面的研究。我对于LPS的介绍可能有一些扯远了。我去了洛克菲勒大学的一个实验室,当时有一个有趣的慢性病的研究。那有一头受到布氏锥虫感染的奶牛。这只动物体内可能含有好几克寄生虫,而没人可以解释这种由于宿主与寄生虫之间竞争能量储存组织的机制而导致的严重消瘦,反而看上去像是宿主在通过识别病原体而对其产生响应,并发展出了某种反应能够导致脂肪和肌肉的重吸收并导致恶病质,正如在癌症以及许多慢性疾病中观察到的那样。

受布氏锥虫感染的奶牛发生恶病质现象

人们在实验室中建立了一个模型,并怀疑锥虫产生的一种分子能够与宿主的巨噬细胞发生作用,使这些巨噬细胞释放一种称为恶病质素(cachectin)的物质,然后恶病质素会作用于脂肪细胞来关闭合成代谢的酶类,比如脂蛋白脂肪酶、乙酰辅酶A羧化酶、脂肪酸合酶、用于摄取外源脂质的酶或者用于从头合成脂质的酶。

有很多不同的观点认为肿瘤也可能激活免疫系统使其产生恶病质素——它

们有时会自发产生，而来自其他组织的输入可能使其能够为其提供支持。此外，传染媒介产生的很多种分子能够引发这种物质的产生。但当我着眼于这个问题，试验了微生物产生的不同物质之后，我发现活性最高的是内毒素，或者说是脂多糖。我建立了一个试验系统，使RAW细胞暴露于脂多糖（RAW细胞是一类无限增殖化小鼠巨噬细胞系），在2小时的准备时间后，将这些细胞从培养基中收集起来，而培养基则被用于3T3-L1脂肪细胞前体（这些细胞是很好的脂肪模型），而最终要研究的则是脂肪中的脂蛋白脂肪酶活性。我就是用这种传统生化分离的方法来纯化恶病质素的。我想指出的是，在受脂多糖激活之后的2个小时内，恶病质素组成了巨噬细胞分泌产物的1%~2%，可以说这个比例是比较高的。

在纯化了这种物质之后，我发现它是一个17.5千道尔顿大小的蛋白，看上去是以多聚体的方式存在的。一开始的时候我相信它是一种独特的物质，因为当时的蛋白数据库并不像今天这么完善。但最终我在与John Matheson的合作中碰巧发现恶病质素可能有很高的TNF（肿瘤坏死因子）活性，也就是说它能在体外溶解肿瘤细胞。当我直接将小鼠的恶病质素序列与新近确定的人类肿瘤坏死因子序列对比之后，发现它们极大的相似度，因此恶病质素的基因就是人类TNF在小鼠中的同源基因。

对于我而言，这个发现非常令人兴奋，因为我意识到这个分子是暴露于内毒素的巨噬细胞的主要产物，而这个分子具有两个非常不同的活性：首先作为TNF，它能导致肿瘤的出血性坏死；而作为恶病质素，它又能关闭用于脂肪贮存的合成代谢酶。这两方面都已知是LPS的作用效果，因此我开始思考是否所有LPS的作用都是通过TNF进行的呢？我想这显然是非常重要的。

于是我进行了一些实验来探究这个问题。首先，当使小鼠接受足量纯化的TNF后，我发现TNF具有较高的毒性，能够导致血管衰竭综合征，看上去非常像受到内毒素作用的效果，即使这些动物根本没有受到任何内毒素的作用。

更令人信服的一点是，我使用TNF的抗体以使动物在受到LPS处理之前产生被动免疫，它们明显受到了一定的保护，虽然并不完全，但随着曲线明显偏移至大约2.5~3倍的地方。因此这显然是内毒素毒性的主要媒介之一，但并不是唯一的媒介。

人们开始在不同的体外系统中研究TNF，并鉴定出了两种不同的TNF受体：T75受体和T55受体。他们发现在几乎每一种研究的系统中，TNF都具有炎症性效果。比如在成纤维细胞中它能导致胶原酶和PGE2的自发分泌；在中性粒细胞中它能导致脱颗粒作用，改变细胞使其更具有黏着性而能够黏附于血管内皮；另外它还能作用于内皮细胞对于中性粒细胞的黏附；在肌肉、脂肪、骨骼、几乎所有地方，它都能作为炎症媒介而具有活性。

于是我想到，寻找TNF的抑制物一定会非常重要，但我当时对抗体并没有信心，因为我觉得即使是嵌合分子或者人源化分子，它们都很有可能无法被生物体长期忍受，可能本身就会激发抗体产生。但事实证明其实并不是这样，TNF的人源化抗体是非常有效的。但由于当时我并不这样认为，我决定制出一种与TNF受体结构一致的抑制剂，连着一条免疫球蛋白的重链。这种嵌合分子具有高度稳定性以及对于TNF的极高特异性，长时间置于体内后会失效。然而奇怪的是，它从未像我最初希望的那样被用在内毒素休克的有效治疗上，看上去这是一个定时问题，如果稍晚一点进行干预，那么在体内使TNF失效也就没有什么益处了。

之后我就开始考虑TNF从哪里来以及如何调节其合成过程的问题了。到了1990年，Wright和Ulevitch已经发现LPS至少依赖于一种叫作CD14的分子。这种分子在其胞外域具有亮氨酸富集的重复序列，但它完全没有胞内域，是一种GPI锚定的、无法进行跨膜信号转导的分子。在LPS领域有一种广泛的推测，认为必然存在一种能够与CD14联合的共受体，LPS可以被转移至其上，然后这种分子能够跨膜转导信号，激活内毒素休克中我们所看到的各种反应。这些信号的性质大部分都是未知的，已经知道的是，就TNF而言，至少是需要NF-κB激活的。如果使TNF基因发生突变以移除四个NF-κB结合域中的两个，这就足以阻止TNF的生物合成了。TNF基因的激活会导致大量TNF mRNA的产生，但这种mRNA通常是不可翻译的，甚至存在于休眠细胞中，并且存在一种抑制机制，在未受到激活的情况下能够阻止TNF蛋白的产生。从受体传来的信号以一种未知的方式解除了对mRNA的抑制，使得TNF蛋白被合成、加工，最终被分泌出来。对我而言最大的问题是在受体层面的：LPS是如何被检测到的？就此而言，我们是如何在微生物进入机体的最初几分钟内识别出它们的？当时我们知道有很多种分子能够激活整个细胞，脂肽能够做到，双链RNA能做到，鞭毛蛋白也能做到，然而并没有人知道这些分子是如何被检测到的。我猜测功效最大的激活物就是LPS，而这也就是我应该设法研究的内容。

对于这个问题有一个遗传学的切入点，在1965年就已经发现有对LPS具有耐受性的小鼠。最著名的例子就是Heppner和Weiss在1965年发现的C3H/HeJ小鼠，不论给它多少剂量的脂多糖它都能存活下来，甚至没有任何影响，即使是纯化的LPS也不会使它们看上去有病态症状。后来我们发现这些小鼠不会对LPS产生细胞因子反应，比如说它们不会响应LPS产生TNF，这也在一定程度上说明了其临近的反应，我们推测它们的受体发生了突变。

同样与该观点相一致的是，这些缺陷对LPS具有很高的特异性，也就是说这些小鼠对双链RNA、鞭毛蛋白、脂肽都能通过产生TNF而发生响应，而只对于LPS没有反应。

在了解LPS受体之前，研究者对这些动物进行了相互骨髓移植实验以证明是造血起源的细胞介导了LPS的致死效应。实验对象包括那些对于LPS敏感的小鼠（也就是C3H/HeN）和具有耐受性的小鼠（也就是C3H/HeJ）。如果将HeJ小鼠或者HeN小鼠进行辐射处理并移植入对方的骨髓，供体将决定最终的结果，也就是说，具有HeJ骨髓的小鼠注射LPS后会继续存活，而HeN骨髓作为供体的小鼠注射LPS后则会死亡。因此只有非常小一部分细胞对于激活LPS的致死效应是必需的。

20世纪50年代就已经知道了LPS具有的辅助作用,通过突变的研究揭示了LPS在先天免疫和获得性免疫中只通过一种途径产生作用。有趣的是,小鼠尽管对脂多糖引发的致死性具有抵抗性,却对真正的革兰氏阴性菌感染具有超敏性,只要一到两个鼠伤寒杆菌就能置它们于死地,这也说明了感染是通过微生物产生的LPS而被识别,并触发了DNA的响应。如果这一切没有发生,那么小鼠会陷入严重的麻烦中,它无法有效地意识到自己被感染了,而细菌就会不受控制地生长,最终通过其他机制将小鼠杀死。

1987年,第二类LPS耐受性小鼠被科蒂尼奥[1]和他的同事发现了,这是C57BL/10ScCr小鼠,科蒂尼奥将这类小鼠与C3H/He杂交,发现它们具有等位基因缺陷,也就是说它们影响的正是同一个基因。这个基因位点被命名为 *Lps*,而这个位点上的基因显然在当时并不知道是什么。

同样在1978年,James Watson(不是那个因双螺旋而著名的James Watson,而是另一个James D. Watson)研究了这个位点,并用经典可见标记物确定了它的位置,发现它位于小鼠第四染色体的*Mup1*位点和*Polysyndactyly*位点之间,但这仍是染色质上的很大一片区域。当时并没有可用的分子标记用于进一步细化这个间隔,并没有定位克隆这种东西,而这也正是问题所在。

我对于定位克隆多少持有一些怀疑态度,在90年代初我从未做过定位克隆,因此我试着走捷径来研究这个问题。我首先对C3H/HeJ和HeN小鼠进行了交叉免疫,想要找出一种能够识别作用于LPS受体的决定因素的抗体,从而通过生化的方法进行分离。我还做了cDNA克隆的表达,用HeN的mRNA反转录为cDNA,然后试着将它转染入HeJ细胞来使缺陷得到恢复。我还从蛋白质生物学的角度来研究膜蛋白,试图在一维或二维的胶上找到一条消失或者发

---

[1] 安东尼奥·科蒂尼奥(Antonio Coutinho,1946— ),葡萄牙免疫学家。

生改变的条带。然而这些方法没一个可行。我花了三四年的时间,最后却没有任何一个有结果。所以最终从1993年初开始,我觉得我们应当向前进一步,用定位克隆的方法研究这个基因。当时我的同事包括Betsy Layton、Alexander Poltorak、Christophe Van Huffel以及Irina Smirnova。当年我的实验组非常小,如今才变得非常壮大。

那时候,我们所能用在小鼠中的分子标签非常少,基因组范围内只有已知的大约300种标签,而在四号染色体上,在我们感兴趣的整个区域中只有11个标签能为我们最初对C3H/HeJ和SWR的杂交提供有效信息,就是这些被画上了白圈的标签。这些标签疏松排列,间隔大约1厘摩,而我们首先的工作就是将它们按顺序排列。因此在493个减数分裂中,我们定位了这些标签并按序排列,并且能够说明*Lps*位点就在151号标签和198号标签之间,而这就是我们所能推断出来的最精确的位置了。但就表型而言,*Lps*位点所在区域位于80号标签和这4个标签之间,但这仍是一个很大的间隔,对于确定一个基因的位置太大了,因为当时在这个区域中并没有什么已知的基因。因此我们共着手研究了2093个细胞,最终找到了一个仅0.3厘摩长的区域,然而令人失望的是它的实际长度为大约260万碱基对。当年我们是徒手用放射性核素进行测序的,因此这一长段待测间隔是如此令人却步,但既然你已经花了这么大的力气研究2093个样本,从心理上来讲你肯定也会继续努力,毫不放弃,因此我们决定继续下去。于是我们接下来做的就是在整个区间中建立了一个片段重叠群(contig),一共含有20个细菌人工染色体(BACs),其中有的已经完成的测序,而有的是将近完成的序列。我们的策略是从重叠群的中间开始逐渐向两侧延伸,因为区域的中间部分是具有最高可能性的。

测序工作是通过鸟枪法进行的。我们取得了BAC克隆,通过超声将它们打碎,然后将它们克隆到一个测序载体上并进行双向测序,进行装配后在远端位置测定,最终参照序列表达标签库来看是否找到了表达的基因。

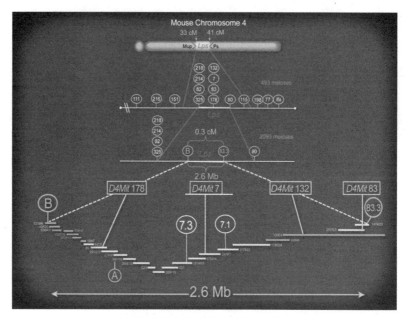

定位克隆寻找片段重叠群中的 *Lps* 基因

我们坚持了三年，每天早上拿到新的序列数据，从胶片上的序列阶梯中读取信息，轮流进行口述笔录，就这样度过一整个上午；大家又会在当天晚上做出新的需要测序的库。在这期间，我们在这个区间中发现了一系列假基因，它们中的任何一个我们都可能推测为最终我们称之为 *Lps* 的基因。有一个比较特别，它是一种具有很多种不同剪切方式的蛋白，可以说有上千种，而我们想这可能就是先天免疫系统中受体多样性的基础机制吧，可能这些剪切方式中的一种在 HeJ 小鼠中消失了呢。对于所有这些假基因，并没有标签说它们就是假基因，我们不得不一个个追踪下去，而我们又必须保证完全确定它们在 HeJ 和 HeN 之间没有区别，因此每一个都将我们的精力从主要的重叠群中分散掉，而最终我们发现的结果又总是让人失望。在1998年8月，我当时已经知道无法再将我的霍华德·休斯经费继续下去了，这着实令人沮丧，而我们已经几乎快要将整个区域探索完毕了，已经超过了90%的比例，但我们仍然在一个非常孤注一掷的境地中。我们有种感觉，要么我们会在紧接下来几天的探索中找到那个突变，要么我们就犯了一些可怕的定位错误使自己根本没有在正确的位置上。之后的一个早上，当我在书房中浏览序列比对结果时，我看到了一个非常明显的结果，比之前看到过的任何假基因的结果都要强，它与一个叫作*Tlr4*（Toll样受体4）的基因几乎完全相匹配。我们对这个基因知之甚少，已知的是当它被人为结合时能够激活NF-κB，然而并不知道它的配体是什么样的，是内源的还是外源的。接下来几天的研究使我非常确信它是一个真的基因，围绕它有着非常重要的研究。

  首先，这个基因编码的是一个胞外域富含亮氨酸的蛋白，这个蛋白具有一个跨膜结构。这一点非常合理，因为之前推测CD14会与另一个跨膜的LPS受体结合，有可能存在同型结合来使LPS被从一个分子传递到另一个分子上。另外，TLR4的胞质域与IL-1受体的胞质域非常类似，而IL-1受体已知是能够激活NF-κB的，同时也具有炎症效果。我们想这就很好地说明了LPS可能会引发强烈的炎症反应。在果蝇研究领域，朱尔斯·霍夫曼[①]的研究说明，在发育过程中，具有重要作用的整个Toll家族的成员对于真菌的感染都非常敏感，而这个现象正与小鼠中的情况相类似，其中*Tlr4*发生突变能导致对于革兰氏阴性菌感染的易感性，就像LPS突变的小鼠的情况。

  现在所有这些结论都在向我们招着手，但直到我们找到对应的突变之前这一切都没有任何根据，因此我们放下了手头的一切工作投入到这方面来，最终在基因的第三个外显子上找到了一个从胞嘧啶C到腺嘌呤A的颠换突变，这个突变会导致在多肽链的712号位上由脯氨酸到组氨酸的改变。这非常好，但还不是最充分的证据。人们可能会说，这的确很有趣，但这些品系已经分离35年了，你发现的这个突变并不能说明这就是那个基因。

---

  ① 朱尔斯·霍夫曼（Jules Hoffman，1941— ），法国生物学家，因其在果蝇中对于先天免疫激活的研究，而与博伊特勒共同获得2011年诺贝尔生理学或医学奖。

因此我们又研究了第二个品系C57BL/10ScCr，它的对照组ScSn是在大约15年前从这个品系中分离出去的，而我们发现这个具有耐受性的品系并不表达*Tlr4*的任何信息。这非常令人兴奋，现在我们有了两个相关等位基因，各有一个很好的对照组，而我们又及时地发现了ScCr的突变中有74k的DNA被删去了，删去的片段包括了所有三段*Tlr4*的外显子。

这对于我们而言就已经足够发表论文了，于是在1998年12月我们将它发表在了《科学》杂志上。但仍然有两个问题：这真的是一个LPS受体吗？在*Tlr4*和LPS之间真的有直接的接触作用吗？

记得我之前跟你们提到，LPS有一部分结构是像脂质IVa那样，对于小鼠是激动剂、而对于人类是拮抗剂，因此我们认为应该进行实验，从遗传学角度分析它是否为受体的可能性。

于是我们将C3H/HeJ小鼠的不会对LPS发生响应的巨噬细胞进行转染，使它们表达小鼠或人类的TLR4，然后将这4个转染的品系用脂质A或脂质IVa处理。我们的想法是，在这样的实验体系中被分辨出来的唯一分子就是真正识别配体的分子，在人或是小鼠的体系中，能够根据4条、6条或是8条链来决定相应的反应。而事实是人类的TLR4并不能在脂质IVa的作用下激活TNF，但能在脂质A作用下激活。

我们从实验数据中看到，小鼠的TLR4能够对脂质IVa产生响应，而人类的TLR4却不能。因此我们得出结论，这个分子的确是脂质A或者LPS的实际上的受体，无论它的亲和性如何。

几年过去了，这个观点最终被韩国李杰欧（Jie-Oh Lee）和他的同事非常完美地进行了验证。但他们还发现了一些我们并不知道的内容，直到三宅健介（Kensuke Miyake）发表了文章论述了这个受体复合体中一种新的亚单位的存在。同时他们发现了一种名为MD-2的小分子，它会与TLR4的胞外域结合，而李杰欧和他的同事发现LPS能够刚好放入MD-2的结合"口袋"中，并同时与

TLR4的富含亮氨酸的骨架发生直接的作用。

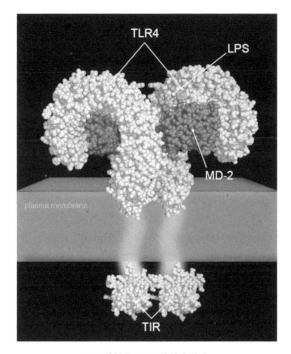

TLR4的结构及LPS的结合状态

这是这个过程较好的示意图。你们可以看见脂质A分子是如何插入到MD-2的这个口袋中的,而同时又与TLR4本身有直接作用,而这也必然导致了它的构象改变,引发了跨膜的信号传导。

值得注意的是,可以计算得到这种复合体在充分激活的情况下只需要大约100纳克就足以杀死一只小鼠,因此存在一种极强的信号放大过程,而复杂的内毒素休克,都始于这一个分子,一个复合体。

TLR发现过程中一个很有趣的事情是,TLR4并不是唯一的,已知它是一个大家族的一员,这个家族包括一共12个小鼠中的Toll样受体和10个人类中的Toll样受体。晶体学家在这一领域非常活跃,他们不仅研究了我向你们展示的TLR4,而且还得到了其他一些共结晶的结构,包括鞭毛蛋白与TLR5的结构、双链RNA与TLR3的结构、脂肽与TLR2分别和TLR1或TLR6共同作用的结构。因此看来，每一个TLR复合体都能被不同的微生物保守配体所识别，而所有这些分子就能囊括我们能够遇到的大部分感染源。

这就是先天免疫传感的基本原理了，至少是一个重要的基本原理，尽管还有很多其他的通路同时发挥作用。另外一个有趣的事实是，TLR似乎在整个物种树中的作用模式都非常一致，不止在其他哺乳动物中是这样，在人类中一种TLR4的罕见突变能够导致对经典革兰氏阴性菌的易感性，尤其是脑膜炎双球菌等。我已经大致向你们介绍过昆虫中的情况，Toll的突变能够导致果蝇对真菌感染高度敏感。而最开始真正令我们感到惊讶的是，有一些TLR分子甚至能够影响植物的易感性，比如植物中这个在含有胞质域TIR结构的分子中的突变能够导致其对真菌性锈病的易感性，比如亚麻植物中的锈病菌。这些分子每个都对植物的抗病性具有一定的功能。

但当时这个事实对于我来说并非如此显而易见，尽管我应当知道形态学层面上的研究已经非常显著了。我给你们介绍一下Pamela Ronald女士，她从事的是水稻方面的研究，因其科研中出色的成就而著名，同时她也是我的表妹。然而当时我们并不知道对方一直以来研究的是什么，直到2000年之后的某一天我们才知道原来我们都在进行先天免疫的研究，要是我再早一点跟她聊聊就好了。你们应当从我这儿吸取教训，应该跟你们的表姐妹或其他亲戚处好关系，时常跟他们聊聊天。

Pamela研究的是水稻，尤其是白叶枯病菌，这是一种非常主要的导致水稻白叶枯病的病原体。与我们在小鼠中的模型类似，她也有两种水稻的品系：Xa21和TP309。Xa21对于白叶枯病菌具有耐受性，而TP309则具有易感性，她也采用了定位克隆来追踪这些品系之间的区别。

这对于我们研究的问题来说是一个线索，某种程度上来说比我们的还要复杂。她将最终得到的分子命名为XA21，这是一种表面富含亮氨酸重复序列的蛋白，并没有TIR域，但有一个已知的RD激酶结构域用于信号传导。她还研究了细菌本身，并用经典遗传学方法发现了一系列Ax21分泌所需的蛋白。Ax21是一种结合XA21并引发反应的硫化肽。现在在植物里有了这个故事，在哺乳动物里也有了LPS直接作用于TLR4-MD2复合体的故事，在果蝇里我们也知道受体在血淋巴中引发了一系列蛋白水解串联反应，产生了一种称为Spaetzle的配体激活Toll蛋白，以类似TLR4的方式传导信号至下游通路。因此这是一个非常普遍的识别微生物的方式。

到这个时候，最主要的问题之一就是这个信号通路是怎么工作的，因此我们决定用正向遗传学的手段来研究这个问题。既然我们已经在之前成功地得到了突变，那么我想，再这样做一次一定很棒，而且是根据新的对于小鼠基因组的知识，以及正在发展的更好的测序方法来进行。我当时的观念是，我们有了充分的生物现象，但我们所掌握的表型不够多，而这正是我们所需要的。我想为什么不用ENU这样的诱变剂来诱导产生新的表型，然后再进行回溯研究呢。不能干等着新的自发突变的产生。这种手段就叫作"正向遗传学"，已经被用在大部分模式生物中了，但才刚刚运用在小鼠中，因为小鼠比果蝇、线虫甚至水稻操作起来要复杂多了。

正向遗传学手段最终给了我们一系列不同的部分。它并不总是能够直接解决问题，但原理是，如果我给你一块手表和这样一种可能用来组装零件的格式，就可以将它们组装到一起，然后研究手表是怎么工作的。我觉得你们都能做到，因为我知道你们都是聪明人。你得做一些实验，将这个零件和那个零件组合在一起，最终你就能知道这块表报时功能的原理了。我们认为显然对于一个生物体也能进行同样的工作，生物体和这样的机器也没什么两样。

因此现实中我们所做的就是将小鼠进行ENU（乙基亚硝基脲）处理，一般将两个家系合在一起以使突变更加集中。我们培养了两代小鼠，产生具有纯合突变的G3代小鼠，然后这些小鼠就被用来进行表型筛选了。我们知道ENU诱变处理过的雄性小鼠产生的精子含有大约60个编码改变，我们也知道使用点诱变剂处理小鼠得到的表型几乎都是通过最终编码含义的改变而达到的。

可想而知，采用这种方法使我们得到了各种各样表型发生改变的小鼠，很多都非常有趣，包含了很多生物学上的问题，而我没有时间来一一谈论了。很多乐趣都存在于如何命名它们的过程中，但我们也得保持将重点放在与免疫学有关的变异体上。

因此我们会问在小鼠中的TLR反应到底需要什么呢，抗体应答中到底需要什么呢，小鼠是靠什么使无害的病菌留在体内的，在生存过程中没有冗余功能的所有这些基因都是什么，以及什么阻止了炎症反应？这些就是我们在十年前这次筛选中所提出的问题。

但现在的问题是TLR是如何进行信号转导的，这才是我们最开始所想要探寻的。我会简要地为你们介绍一下这一切是怎么进行的，这块手表是怎么组装到一起。首先我们知道整个系统的建立需要先将特定的折叠好的蛋白，尤其是TLR，放到细胞中最终需要的地方去。一些TLR是在细胞表面的，而PRAT4A和gp96则需要在这里进行折叠。我们知道有些TLR会驻留于内涵体，包括那些识别核酸的，比如TLRs 3，7，9，我们还知道这些TLR需要一种叫作UNC-93B的蛋白把它们定位至内涵体中去（我们从突变中知道了这一点）。在特定的细胞中，比如类浆树突细胞，组氨酸从内涵体内部输出至细胞质基质中的过程需要一种叫作Slc15a4的通道分子，而这种分子同样在TLR 7和9的信号传导中发挥功能，我们并不知道具体原因是什么，我们只知道没有这种分子是无法发生相关信号传输的。我们知道这种分子自己通过另一个叫作AP3的分子复合物进入内涵体，而一种叫Bullet gray的突变体也会因为Slc15a4无法到达内涵体而丧失信号。已知TLR复合体的信号传导需要特定的共受体CD14，MD2，

CD36，而将信号传达至细胞质中则需要衔接蛋白，最普遍的就是MyD88了，除了TLR3之外的所有TLR都需要MyD88的作用。还有其他的衔接蛋白，比如TLR2和TLR4复合体需要MAL发挥功能。信号发出的过程，包括蛋白激酶被招募到MyD88的步骤，其中最重要的是IRAK4，它通过死亡结构域被招募，然后激活IRAK1和RIP1，TRAF6接着被招募至活化的复合体。德州大学西南医学中心的陈志坚[①]研究发现TRAF6会发生K63泛素化，然后TAB2，TAB1和TAB3会充当分子胶水，将各个部分都结合在一起，使得IKK复合体的蛋白NEMO成为活化复合体的一部分，而NEMO能够激活几个分子，引发IκB的磷酸化和随后的降解，使NF-κB得以入核。它同样能对MKK复合体的活化发挥作用，最终NF-κB，AP1以及CREB成为引发炎症细胞因子产生的最关键的转录因子。

我们想将TNF作为筛选的最终关注点，尤其是TNF的产生量，因此我们挑选了一个TNF加工过程中的酶的突变体ADAM17。关于ADAM17，当时不知道的是它通过与Rhbdf2蛋白发生相互作用而达到目的地，而一种叫作Sinecure的突变在实验室中被发现会阻止ADAM17它们的正确定位，从而阻止TNF的加工。

TLR3通过另一个不同的，称为TRIF的衔接蛋白进行信号转导，它可以激活TRAF3，TBK1和IKKε，最终导致IRF3的激活，它能够驱动干扰素β的合成。这同样发生在也能激活干扰素β合成的TLR4中。有时TLR4能以非传统方式进行信号转导，比如VSV-G能够激活IRF7，然后引发干扰素α的产生。激活干扰素α的TLR9和TLR7也是以类似但并不完全相同的方式进行的。干扰素作用于其他细胞，以自发方式传递信号，能够引发很多基因表达。

通过突变的方法我们将这一切进行了简化，而蒋争凡当年在我实验室的高产的几年中发现了其中的好几个。他像一台发电机一般工作，我觉得他比任何

---

[①] 陈志坚（James Chen），生物化学家，美国德克萨斯大学西南医学中心分子生物学系教授，美国国家科学院院士。

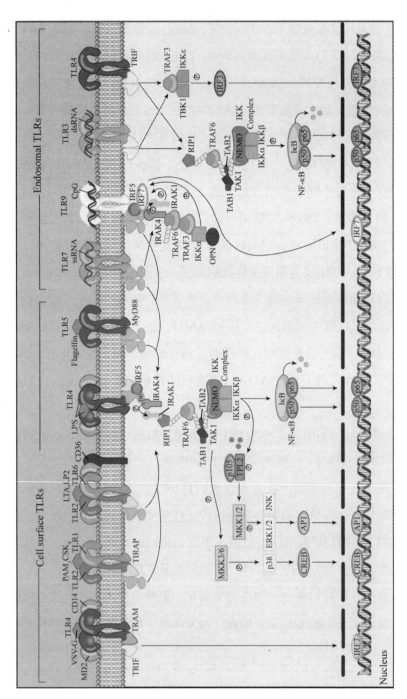

TLR信号通路

其他人筛选的小鼠都要多。我来给你们看一个更加简化的版本，这些就是我刚才讨论的各个通路。你们一定记得我刚才所用的手表的类比——将每一个部分都有序地组合在一起。现在我们已经差不多完成了，因为我能展现出这个蓝图中的每一个组成部分。晶体学家同样在这方面非常活跃，将这些通路中各成分的结构都解出来了，它们中的一部分已知是能够很好地结合在一起的，而有一些只是通过想象认为它们能结合，但不论如何，我们正向着透彻理解TLR信号通路的机制不断前行着。

下面这张画展示的是研究TLR和TNF以及它们之间关系的最后一种方式，其中我刚才向你们展示的TLR信号通路在这里被重新排列了。我之前提到，昆虫中的Toll通路会引发一种抗菌因子"果蝇抗真菌肽"（Drosomycin）以抵抗真菌感染，而它与哺乳动物中的TLR通路是同源的。在果蝇中有一条完全独立的通路叫作Imd通路，同样能够在果蝇中检测出革兰氏阴性菌并发出信号，激活一个NF-κB的类似物Relish。我想要指出的是，Imd通路非常类似于TNF通路，其中包括与DREDD同源Caspase 8，以及TRADD、RIP、FADD、dRIP、dFADD，还有NF-κB连接和TAB样蛋白，它们都是非常同源的通路。在果蝇中有两条完全独立的通路，在哺乳动物中有TLR信号通路，导致TNF的产生，从而激活TNF受体。如果用TLR配体将其激活，你能同时激活两条通路。在哺乳动物进化的过程中这两条通路联合了起来，但在其他方面真的在这两种远隔的物种之间非常类似。

我们当然还知道感知微生物的其他方式，我不想误导你们，让你们觉得TLR就是一切。比如我们已知细胞质中对于病毒及其DNA的感应器存在于RIG-I样解旋酶或STING中。蒋争凡在这其中同样作出了很大的贡献，他和其他实验组一起克隆了这个分子，从这些通路中同样也能得到NF-κB、AP-1、IRF3、IRF7的激活。

我们还知道有一种NLRPs（NOD样受体蛋白），它们能够和TLR信号一起

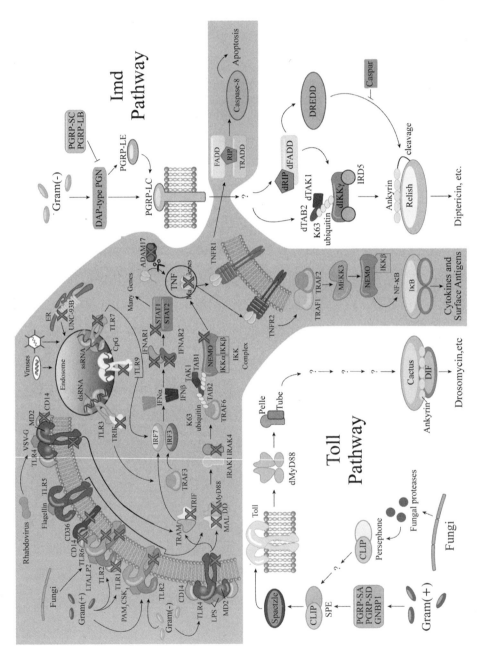

果蝇中感知微生物的两条通路

作用导致炎症，pro-IL-1β加工至其成熟态进而通过TLR导致炎症就需要这些通路，其中IL-1受体就类似于TLR。这个系统的共激活需要TLR的作用，因为它们能够驱动pro-IL-1β基因的转录。

然而，我想指出的是，TLR可能是这些通路中最普遍的一个。获得了所有这些结论之后，我们应当能够做一些我们之前不能做的事情了。我们知道了自己是怎么"看见"微生物的，我们也能想象自己能够在有害的炎症中使症状减轻。我们能想象得到关于免疫缺陷疾病的治疗，因为我们知道了基本的感知机制是怎么工作的，有些人的严重免疫缺陷就是因为这些通路中的突变产生的。也许我们可以设计更好的疫苗，因为最终的TLR信号传导是在响应之后驱动的。

在我看来，在这方面最重要的前沿研究是，无菌炎症与感染性炎症到底有什么关系。我已经为你们讲了很多关于感染性炎症的内容，尤其是它是如何被TLR介导的。而在无菌炎症性疾病中到底发生了什么却不得而知，比如类风湿性关节炎、克罗恩病以及强直性脊柱炎等，这些疾病中有许多是有大量的TNF产生的，但这究竟是受到什么驱动的呢，是TLR信号通路吗？

可能对于这一方面最好的例子就是系统性红斑狼疮了，TLR信号通路在这种疾病中被证明发挥了非常重要的作用。从Ann Marshak-Rothstein的大部分研究工作中得到的结论是这样的：有一些细胞以非传统的凋亡方式发生了不正常的溶解，导致核酸被释放到周围的环境中，包括RNA-蛋白复合体和DNA-蛋白复合体，而B细胞具有能够识别这些核酸的受体，这些B细胞肯定会被RNA-蛋白复合体和DNA-蛋白复合体激活，然后纳入这些复合体，使之进入内涵体。在内涵体中，单链RNA或DNA会被TLR识别，这些TLR能够引发信号，通过NF-κB活化导致细胞增殖，于是就产生了很多的B细胞。浆细胞的产生最终分泌了大量病理抗体，一方面产生了更多的DNA-蛋白复合体，并激发了更加猛烈的B细胞扩增，另一方面导致病症的发生。因此可以认为狼疮的发生是需要这种正向反馈的，至少在小鼠中是这样，而在人类中也有可能。

我觉得讲座的时间已经差不多用完了。最后想说的是，在我从德克萨斯搬到Scripps研究所，最后又回到了德克萨斯之后，我目前的实验课题组做的主要就是正向遗传学的研究。如今我们甚至不需要靠表型的变化来寻找某个基因，我们已经知道了候选基因是什么，所以只需要几天的时间就足以使我们找到源头的突变。因此现在这是一个崭新的世界了！如今研究者可以进行诱变处理，而限制因素仅仅是你能多快造出新表型来。我认为，要把手表的所有零件全都组装到一起，还有很长的路要走，而这就是我们目前在努力进行的事情。我希望你们中的一些人能够加入我们，也非常感谢大家能够来这里听我的讲座。

## 现场问答

**Q**：我首先有一个简短的问题，我知道您的父亲和表妹都是科学家，因此可以说您是来自一个科学世家，那么您认为是什么因素产生的影响呢？是天生的才能还是勤奋与努力？我的第二个问题是，您认为每一个科学家都应该以获得诺贝尔奖的梦想来作为科研的动力吗？第三个问题是，我知道您和中国的科研人员有很多交流，您认为我们离诺贝尔奖还有多远？谢谢！

**A**：哦，你已经把我期待的问题几乎都问出来了。我们先从最后那个问题来讲吧，我觉得中国肯定会在未来的几年中获得很大比例的诺贝尔奖。我不能准确地说具体何时开始，因为得奖一般大约是在科研新发现的十年之后，所以如果你们今天回到实验室并且有了重大的发现，也许十年之后你们就得能够得到诺贝尔奖。而且我认为凭借着中国现在科研界才能与勤奋济济一堂的状态，得奖是迟早的事，可能还需要几年，但我并不能准确地估计出来。

每一个科学家都应该有诺贝尔梦吗？嗯，我自己当然梦想着能得诺贝尔奖，每个人都应该有一个远大的目标，但你显然并不应该把它当作你最主要的动力，否则你很有可能会感到失望的。就我自己来说，我的动力主要来源于最真实的好奇心，关于那些无生命的物质是如何组合成为生命物质的，不知为何这一点对于我而言如此不可思议，物质组合起来之后就比单独存在时有更多的意义。因此我从很小的时候就开始对动物以及其他生命物质产生了浓厚的兴趣。而这也同时联系到了你问我的第一个问题，关于科学家庭是如何产生影响的。很显然我父亲对我具有极大的影响，可能比我感受到的还要大。我相信如果我有一个完全不同的家庭背景，我可能根本不会对如今这些问题考虑得像我现在这么多。同时我父亲也非常懂得鼓励我，我记得当我很小的时候，有一次我们去国家公园，我跟他谈论了很多关于植物、动物的话题，我记得我问他为什么树木不会腐烂，为什么它们能够一直保持生长，而且看上去能够抵抗感染，但我知道它们并没有淋巴细胞或者中性粒细胞呀？其实他对于这个问题也并不知道答案，但我们对此进行了一番讨论。他认为有可能是持续性或者其他某种化学抵抗的机制起了作用，但其实这个答案并不像事后我们所真正了解到的这样。不管怎样，很显然这样的事情可以在家庭成员之间发生，人们可以跟自己的孩子探讨问题，以合适的方式激励他们，而做到这一点常常是很微妙的。

**Q**：非常感谢您精彩的演讲。我有两个问题，第一个是关于炎症反应中的自身免疫的。我们知道澳大利亚的研究者也用了这种ENU的系统来筛查自身免疫的表型，但我了解到，在临床中，有大约80%以上的自身免疫出现在女性身上，所以您认为是否可以用ENU系统来筛查X染色体或Y染色体在这方面的作用呢？第二个问题是，您已经用ENU系统进行了B细胞的筛选，而我对于先天免疫与获得性免疫的研究非常感兴趣，您是否知道有哪些基因能够既影响获得性B细胞响应，也能影响先天免疫响应呢？谢谢！

**A**：这些问题都很好。你的第一个问题是关于为什么雌性会这么高比例地受到自身免疫疾病的影响。我认为这很大原因上是关于激素层面的影响，在小鼠中通过激素或阉割的方法已经证明了这些并不是X连锁或者Y连锁本身导致的，而是与这些疾病初始时所处环境中的激素水平有关。有一个非常有趣的例子是，有一种叫作Y连锁加速自身免疫的疾病，简称YAA，研究发现它是由于在X染色体靠近假常染色体的区域一段区间的重复。这在X和Y染色体上都存在，而这段重复序列被发现其实是TLR7基因，因此过多的TLR7基因表达会极大地加速自身免疫疾病的发生，比如狼疮。

另外，关于先天免疫和获得性免疫的相互干扰的确是一个极其复杂的问题。这并不像TLR配体激活、TLR上调、树突细胞中分子驱动获得性响应那么简单，因为并非每一次动物被注射LPS就能导致严重的自身免疫，这并不会发生，即使我们总是提供自身抗原。而我也不认为这些分子会同时在同一个内涵体中，这就是对问题的解释。我认为对于自身免疫疾病的调控我们还有很多不知道的，比如自身耐受性的调控，而这显然是在很多层面上都有体现的。我们实验室的Chris现在就在研究这方面的问题，比如生发中心、骨髓以及其他外围B细胞循环等地方的具体机制都需要被解读出来。其实前段时间我刚与Chris讨论过整个课题，我们都承认用ENU作为工具来诱发自身免疫并不像诱发免疫缺陷那样有太多的进展，但这也并不意味着我们不会达到最终的结果。我觉得只是可能需要更重点以及更巧妙的筛选方法来使我们得到这个问题的答案。

**Q**：我的问题是有关LPS的功能的，它是革兰氏阴性菌的保护性物质，还是一种进攻性物质？LPS的最初作用是什么呢？您是怎么认为的？

**A**：完全没有聚多糖的细菌也是存在的，但是它们的适应度会大大减弱，因此它们显然是将它当作结构组成部分之一了。我想说这就是它在所有革兰氏阴性菌里的主要功能，这也是为什么这种分子如此高度保守，使它们很难通过减少LPS的产生而逃脱。它是一种结构性分子，并不是用来当作武器的。宿主进化出了能够感知微环境的能力，我们的系统进化到能够检测出侵犯到间隙组织中第一或第二个微生物并能够产生非常强烈的反应。问题是，如果由于某种原因你受到了过多的接种物，或早期忽略了抑制，那么你就会发生感染性休克，这样这种反应就过于激烈了。

**Q**：我有两个问题。第一个问题是，您绘出了一个关于LPS及其受体的非常宏伟的示意图，但这都是关于识别微生物或者自身免疫物质的识别，但作为一个材料科学研究者，我对于免疫系统如何对其他材料发生反应非常感兴趣。对于这方面有没有什么已知的研究呢？第二个问题是关于您刚才所谈论的如何治疗这些疾病，这是否会成为人类进化的一个选择压力？

**A**：让我先从你第二个比较有趣的问题开始，我们是否会通过治疗这些疾病从而导致对人类进化的改变？嗯，很有可能这样，这些疾病中有一些发生于年轻人身上，比如青少年类风湿性关节炎，或者新生儿多系统炎症性疾病。的确有一些这样的病症，尽管无可否认这些都是非常罕见的疾病。你同样也能问，我们是否通过成功治疗Ⅰ型糖尿病而影响到人类的进化，这些病人能够长大并产生后代，而原先他们是不能做到这些的。因此毫无疑问，是的，我们的确对此产生了影响。很有可能我们使这样的本来会被进化所摆脱的突变被保留下来并不断传播。我认为现在其实并不存在道德上的矛盾会不让病人接受他们所需要的治疗，而这也不应该是我们发展的障碍。有估计认为所有人类中大约有5%~10%的人会在一生中发生自身免疫或自发炎症性疾病。在我看来，自身免疫是免疫系统的遗赠，而免疫系统则是响应微生物的遗赠，因此微生物是最初始驱动一切的原因。你可以说如果没有微生物，我们就不会有免疫系统，也就不会有自身免疫了。而这也就是问题所在。

你的另一个问题是关于非微生物材料激活免疫系统，这也是一个非常有趣的内容。的确有一些无机物质会导致强烈的获得性免疫反应，比如矾，但这是怎么发生的呢？并没有人真正知道。这也是一个进行遗传筛选的理想状态。我们实验室就在进行这项筛选工作，也许下一次我来访问的时候就能对你的这个问题给予解答了。

**Q**：布鲁斯，非常棒的演讲。您对于在小鼠中筛选突变付出的努力令我非常叹服，可能并不是所有实验室都能够像您的实验室这样资金充足并充满决心来进行这样的筛选的。就筛选而言，您也提到了在免疫系统中已经知道有很多的组成部分，那么很有可能会有极大的冗余现象，当我们在进行ENU筛选的时候很可能会由于这种冗余而漏掉其中的某个成分。因此能否请您说说使用小鼠作为整体动物模型而非细胞水平检测呢？我们知道很多细胞都有免疫特异性，也许人们可以通过这些细胞来筛选您刚才提到的分子以及很多中国人所关心的PM2.5等等，来筛选能够介导炎症反应的成分。

Ⓐ：我认为使用体外的筛选系统显然是非常高效的。其实我一直担忧人们会除去使用RNAi的细胞，但目前为止并没有发生，我觉得某种程度上可能是因为RNAi技术方面的原因吧。你关于冗余的问题是一个普遍存在的问题，显然它不仅适用于细胞水平检测，也同样适用于体内实验。我自己的感觉是，冗余并不是一个很大的问题，只要你进行了原则上正确的筛选，你就能克服这一点。很少有基因会与其他基因有完全一模一样的功能，就算它们最近才在进化中发生了分离，它们通常还是会获得功能上的一些微小差别，否则它们中的一个估计就会在几百万年间被突变压力所剔除。这就是正向遗传学的精妙之处，我不能通过装作我的筛选总是正确的来降低我们所需结果的冗余性，而这也是人们需要做的。不管你是在做细胞水平检测还是小鼠整体模型，都是这样的。

Ⓠ：我有两个问题想问，和别人比起来，我的问题可能会有一些幼稚。当您在发现TLR4方面取得了巨大的进展，并获得了诺贝尔奖之后，其他人会开始研究TLR2和其他相关的物质，您是怎么看待这种现象的？这是我的第一个问题。您之前也提到了，我们已经知道人体中有12个TLR家族的蛋白，这种信号通路可以说是非常普遍的，所以我们不会没事干，因为我们可以着手研究这个通路中许许多多的衔接蛋白，但就您看来，我们如何才能在这方面做得更好呢？这是我的第二个问题。谢谢！

Ⓐ：这两个都是很好的问题，一点也不幼稚。我觉得第一个问题最好是通过探讨科学中的运气因素来回答。因为运气的确是很大的一个因素。事实上我们应该以"可能性"来措辞，因为"运气"是一个非常主观的词。当一个人发生车祸，他可能会认为这是由于非常糟糕的运气。而另一方面，如果你从一场车祸中幸存了下来，你可能会觉得我能死里逃生真是太幸运了。对于科学而言也一样，我们到底是幸运还是不幸运呢？如果我们足够幸运，我猜我们早就能在我们的重叠群的正中间找到突变，从而提早好几年获得巨大的回报。但另

一方面，我们及时找到了这个突变，可以说做到这一点我们还是很幸运的。因此我并不知道除了这样回答，还有什么更好的解答方式了，因为每个人都应该为存在的巨大的机会而感到高兴。我也很同意饶毅教授关于我父亲建议我"不要把所有鸡蛋都放在一个篮子里"的评论，相反，我建议大家应该把所有的鸡蛋都放在一个篮子里，通过这种方法连续地进行研究，如果你不幸失败了，如果别人捷足先登，或者如果其他什么原因你无法步入正轨，那么你再重新做做别的什么。不要在同时研究许多不同的东西，因为如果你按照非常宽的前沿前进，你是无法对一个主题进行深入研究的。

你第二部分的问题是跟在TLR领域剩下来要做的不同的事情有关。有很多事情还需要做，可以研究不同的衔接蛋白以及整个通路中的不同分子，而且目前还没有一个我想要的层面上足够精巧的对于机制的理解。但同时除了TLR之外还有很多其他的内容可以研究，科学中最重要的因素可能就是关于看出那些别人并不觉得重要的问题来。大家应该知道"盲点"是人们眼中的一个自己无法意识到的盲区，早期临床医生难以对此进行诊断，因为人们并不会对此进行报告，他们并没有意识到在视野内有一块区域是看不到的。这和科学是一样的，有一些很好的问题在那儿，但关键是如何看到它们。对于已经存在的领域是这样的，对于还未存在的领域也是这样的。而这也是我的建议：想一想这些事物，试着找到别人看不到的问题。

**Q**：亲爱的教授，我有一个问题，因为有观点认为科学只能被那些有钱人所从事，因为他们不用担心自己的家庭，不用想如何生存、吃什么东西。但在中国，很多学生的家境并不是很好，我们努力考入大学是为了提高生活质量。您对于家庭背景的观点是怎样的呢？这是我的第一个问题。而第二个问题是，尽管有些学生坚持科研，但他们会质疑自己，不知道是否能够最终获得研究突破，所以什么样的品质是一个成功的科学家所需要具备的呢？

**A**：第一个问题是有关背景的。我没有穷过也没有富过，但我从未忍受过极度的贫困，也许这间屋子里的你们中有人经受过，也许你们中有人来自非常艰苦的家庭，也从未有过特权，也许你们中有人小时候还挨过饿，我不知道。但我不认为这完全能够阻止成功成为科学家的前途，杰出的科学家来自各种各样的背景，在可以预见的将来我认为都是这样的。

对于第二个问题，我猜你是在请教如何取得成功的建议？我想我们刚才已经在某种程度上讨论过这一点了，没有太多需要补充的，除了一点，要保持对这一领域最真实的热爱，并努力找寻其中最重要的问题是什么。在我看来，这就是最重要的两个因素了。

# BEH 机制与标量玻色子：
## 用创造力超越我们眼见的世界
# The Brout-Englert-Higgs Mechanism and Its Scalar Boson

2014年06月05日 14:00-16:00
北京大学英杰交流中心阳光大厅
主讲人： 弗朗索瓦·恩格勒
2013年诺贝尔物理学奖获得者

"In research, deductive logic is important but cannot suffice. Creativity stems from the uncovering of new ideas and new ways of thinking that are beyond our conscious world."
—— François Englert

弗朗索瓦·恩格勒
François Englert

**个人简介：**

弗朗索瓦·恩格勒，1932年生于比利时，1959年获布鲁塞尔自由大学博士学位，同年成为康奈尔大学副研究员，1964年任布鲁塞尔自由大学教授。1980年，恩格勒与罗伯特·布劳特一起担任布鲁塞尔自由大学理论物理学小组负责人，开展关于固体物理、统计力学和量子场论等领域的研究。1998年，恩格勒成为荣誉退休教授。2013年，因其理论研究对亚原子粒子质量起源的理解方面做出的巨大贡献，与英国物理学家希格斯共同荣获诺贝尔物理学奖。

弗朗索瓦·恩格勒获得的主要荣誉包括：
1977年获比利时皇家科学院 A.WETREMS 数学及物理学奖
1982年获自然科学弗兰基奖
1997年获欧洲物理协会高能及粒子物理学奖
2004年获得获物理学沃尔夫奖
2010年获得美国物理协会樱井奖
2013年获得诺贝尔物理学奖

主办单位：北京大学　　承办单位：北京大学国际合作部　　北京大学物理学院

撰文：北京大学理论物理研究所朱守华教授

## 1. 引言

2013年的诺贝尔物理学奖授予比利时的弗朗索瓦·恩格勒（François Englert）和英国的彼得·希格斯（Peter W. Higgs）。获奖的原因是"发现的理论机制，可以用来理解亚原子粒子质量来源，此机制最近被欧洲核子中心（CERN）的大型强子对撞机LHC上的探测器ATLAS和CMS发现到预言的基本粒子而证实"。或者用一句话讲，他们获奖的原因是因为他们发现了BEH机制（由于历史的原因，又被称为"Higgs机制"）。诺贝尔物理学奖有个惯例，即除了被实验证实之外，还要求获奖者不超过三个人，而被认可几乎同时发现BEH机制的有六人：恩格勒和R. Brout[1]，P. W. Higgs[2][3]，G.S. Guralnik，C. R. Hagen和T. W. B. Kibble[4]。最早发现此机制的三个人中的R. Brout不幸离世，最后决定授予恩格勒和P. Higgs。值得一提的是，作为恩格勒的博士后合作导师，Brout当年辞掉康奈尔大学教职，跟随比自己小四岁的恩格勒来到布鲁塞尔自由大学，并加入比利时国籍。1964年6月26日，恩格勒和R. Brout完成了一篇题为"破缺的对称性与规范矢量介子的质量"（Broken Symmetry and the Mass of Gauge Vector Mesons）的论文并将它投稿到美国《物理评论快报》。一个月以后，英国爱丁堡大学的P. Higgs独立地发现了同一机制。但为什么这个机制却一般被叫作Higgs机

---

[1] F. Englert and R. Brout, "Broken Symmetry and the Mass of the Gauge Vector Mesons", Phys. Rev. Lett. 13, 321 (1964).

[2] P. W. Higgs, "Broken symmetries, massless particles and gauge fields," Phys. Lett. 12, 132 (1964).

[3] P. W. Higgs, "Broken Symmetries and the Mass of the Gauge Bosons", Phys. Rev. Lett. 13, 508 (1964).

[4] G. S. Guralnik, C. R. Hagen and T. W. B. Kibble, "Global Conservation Laws and Massless Particles," Phys. Rev. Lett. 13, 585 (1964).

制,这是由于一个美丽的错误[①]。但无论如何,从人类认识历史的角度来讲,具体哪位科学家得奖只是花絮,而"BEH机制"的发现无疑会在历史上留下了永远的丰碑。

2. BEH机制在人类知识体系的地位

今天我们对于强、弱、电磁三种基本相互作用的描述是在量子场论的框架下。其核心是两个:一个是规范对称性,一个是对称性自发破缺机制。比如常见的电磁相互作用就是具有U(1)阿贝尔规范对称性的量子电动力学(QED)。强作用的描述是具有SU(3)的非阿贝尔对称性的量子色动力学(QCD)。因为传递弱作用的规范玻色子具有质量,人们需要引入对称性自发破缺的概念,从而在 规范群的基础上统一描述电磁和弱相互作用。对称性自发破缺的机制又称为BEH机制。所谓对称性自发破缺是指物理真空并不满足描述物理系统(比如拉格朗日量)的某种对称性,导致描述物理态相互作用也不满足这种对称性。实现对称性自发破缺的机制原则上有很多方案,而恩格勒和R. Brout,P.W. Higgs采用引入基本标量场的方法,这可能是最简单的实现方案。这个方案预言了基本标量粒子的存在,即存在Higgs玻色子。上面的认识被称为粒子物理的标准模型,其理论预言到目前为止与实验高度符合。

3. BEH机制提出时面临的两个零质量问题

在论述BEH机制如何被发现之前,我们需要论述当时物理学面临的主要问题,即规范玻色子的质量问题和无质量的Goldstone粒子问题。大家熟悉的电磁理论实际上可以用阿贝尔规范场论来描述,一个重要的特征是传递相互作用的光子是无质量的。1954年,杨振宁与米尔斯把规范场论扩展到非阿贝尔规范场,但其主要特征还是传递相互作用的矢量场无质量。但是弱作用是短程的,人们认为如果用规范场论描述它,其规范玻色子必须有质量。如何在保持规范对称性,即可重整性的前提下让规范玻色子获得质量是一个没有解决的问题。在另一方面,人们研究发现,在连续对称性自发破缺的理论中,理论上总会出现无质量的

---

[①] 邢志忠博客,http://blog.sciencenet.cn/blog-3779-731147.html

标量粒子,这个现象被称为Goldstone定理,而在实验上这些无质量的标量粒子并没有被发现。

下面我们用两副图来说明对称性自发破缺的概念。在第一幅图中,对称性没有破坏,其能量最小值即真空位置为零$\varphi=0$。这里需要说明,如果我们把$\varphi$换成空间坐标$r$,其实对称性自发破缺非常直观,但是从电磁理论开始,物理客体存在的形式是场量。假设$\varphi$是二维的,那么势能具有旋转对称性。不仅如此,在各个方向的激发(对应物理粒子)都需要能量,也就是说粒子质量不为零。在第二幅图中,由于某种原因,能量的最小值,即真空位置为$\varphi \neq 0$。从真空来看,上面的旋转对称性被破坏了。在真空位置附近的激发(粒子)在垂直于纸面的方向不需要能量,此种粒子对应Goldstone粒子,静止质量为0。相反,径向激发需要能量,所对应的粒子有质量,与没有破缺的情形类似。这就是实验上被发现的Higgs粒子。

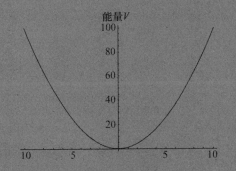 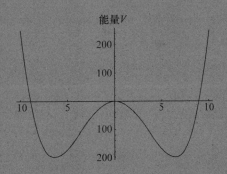

没有对称性自发破缺的情形。能量的最小值,即真空位置为$\varphi=0$。

注意在真空位置附近的激发(粒子)需要能量,表示粒子静止质量不为0。

有对称性自发破缺的情形。能量的最小值,即真空位置为$\varphi \neq 0$。

注意在真空位置附近的激发(粒子)在垂直于纸面的方向不需要能量,此种粒子对应Goldstone粒子,静止质量为0。相反,径向激发需要能量,所对应的粒子即为Higgs粒子。

实际上,今天看来显然的问题,在当时未必如此。比如对称性自发破缺现象确实存在,尤其是在凝聚态体系中,如自发磁化。在低能强作用中,人们利用对称性自发破缺近似的手征对称性，成功解释了π质量远小于核子质量的问题。对于规范场零质量则更不是问题，首先在现实中光子质量确实为零，而弱作用在当时看来也不见得一定要用规范场描述。正因如此，BEH机制的发现确实加深了人类对于亚原子质量来源的认识。

4. 早期尝试

1962年Schwinger[①]试图回答是否一个有质量的矢量场总是与一个无质量的标量粒子相伴？他的想法是，一个规范玻色子在弱耦合下为无质量，但在保持规范对称性前提下强耦合时会获得质量。他的这个想法原则上可以通过量子修正实现。

同样在1962年，P.W. Anderson[②]在特定的带电的等离子模型下，在非相对论情形下讨论Schwinger的问题。这确实是对称性自发破缺在非相对论情形下的例子，而且他发现确实没有无质量的振荡模式。Anderson指出，纵向的Plasmon通常被解释为等离子体的性质，而横向模式解释为光子在等离子中修改后的原有横向模式。如果在相对论情形下，三个极化模式其实是无法截然区分开的。这个研究具有重要的意义。值得注意的是Anderson的结论："Goldstone零质量的困难不严重，因为我们可以将它与杨-米尔斯场零质量问题相消"（…the Goldstone zero-mass difficulty is not a serious one, because we can probably cancel it off against an equal Yang-Mills zero-mass problem）。其实这就是BEH机制的精髓，遗憾的是，Anderson的观点当时并没有被粒子物理学家重视。

幸运的是，确实有部分粒子物理学家受到启发。1964年3月的一篇文章[③]，Abraham Klein和Benjamin W. Lee受Anderson观点的启发，试图在相对论性不变的理论中绕过Goldstone定理。然而结论却仍是必须有零质量的标量粒子。他们

---

① J. S. Schwinger, "Gauge Invariance and Mass," Phys. Rev. 125, 397 (1962).
② P. W. Anderson, "Plasmons, Gauge Invariance, and Mass," Phys. Rev. 130, 439 (1963).
③ A. Klein and B. W. Lee, "Does Spontaneous Breakdown of Symmetry Imply Zero-Mass Particles?" Phys. Rev. Lett. 12, 266 (1964).

的论证过程马上遭到Walter Gilbert的批评[1]，他认为如果引入四维常矢量$n_\mu$ = (1, 0, 0, 0)，Klein和Lee的表达式由于相消可以导致无质量模式消失。然而在相对论情形，他错误地认为只存在一个粒子的动量，明显不是常矢量，所以他们的结论仍然与Klein和Lee相同，即必须有零质量的标量粒子。这一点被R. Brout和恩格勒，希格斯纠正，从而发现了所谓的BEH机制。关于这个机制，请大家观看恩格勒的演讲。

5. 当代粒子物理学

前面提过，标准模型非常成功，特别是Higgs粒子被发现之后，人们不仅要问：粒子物理学还有什么重要的问题？

从实验方面来看情况非常清楚。其一，因为物理学是建立在实验观测之上，那么发现了一个新粒子就需要仔细测量这个粒子的性质，从而加深对它的认识。其二，目前粒子物理最主要的实验是欧洲核子中心的大型强子对撞机LHC，它还将继续运行，更多的数据非常可能带来新奇的现象。不仅如此，包括中国在内的科学家正在酝酿未来的Higgs工厂，有环形和直线两种类型，能够测量LHC无法精确测量的性质。特别是未来比LHC更高能量的加速器实验会带来人们更多的期待。当然，与粒子物理紧密相关的还包括非加速器物理实验。非加速器物理实验在粒子物理的历史上起到过非常重要的作用，比如μ子，正电子和奇异物质的发现等。现代的非加速器实验，比如探测中微子、暗物质和宇宙射线等实验，能否在粒子物理的未来发展中起到重要的作用？在我写这个导读的时候，高能物理正广泛讨论LHC上750GeV双光子的可能信号。如果这个信号是真的，那么很可能对应的是另一个Higgs粒子[2]，具有非常独特的性质。EBH机制如何继续发展，我们拭目以待。

从理论来讲，标准模型多达20多个基本参量，很难相信这是一个最终的理论。另外，Higgs机制本质上把问题归结为真空，而理解是什么物理导致标准模型需要

---

[1] W. Gilbert, "Broken Symmetries and Massless Particles," Phys. Rev. Lett. 12, 713 (1964).

[2] G. Li, Y. N. Mao, Y. L. Tang, C. Zhang, Y. Zhou, S. H. Zhu, A Loop-philicPseudoscalar, e-Print: arXiv:1512.08255.

的真空是一个核心问题。理论上有很多猜想，是否正确尚需未来实验的检验。除此之外，粒子物理还面临其他的问题，比如如何理解引力与其他三种相互作用的不同？是否存在暗物质？宇宙中物质，而非反物质为主的真正机制是什么？Higgs粒子的发现，BEH机制的确立为我们开启了一扇大门，随着不断探索，人类对于自然的认识必然越来越深入！

# BEH机制与标量玻色子:
# 用创造力超越我们眼见的世界

首先，非常感谢这个盛大的欢迎会。下面，我将谈论物理。物理学总是尝试着将不同的现象解释为一般规律的具体体现。从上千年前的欧洲开始，物理学已经取得了极大的成就，特别是经过20世纪上半叶令人瞩目的发展，人们可能甚至设想所有的现象，从原子尺度到可见宇宙的边缘，都完全由两种已知的基本规律描述，也就是广义相对论——爱因斯坦对牛顿引力的发展，和量子电动力学——麦克斯韦电磁理论的量子版本。电磁和引力相互作用是长程作用，意味着无论物体相距多远都能发生作用。但是，亚原子结构的发现表明在短程尺度（相比更大尺度可忽略）上还存在其他的基本相互作用。（在那时）还不存在对短程基本相互作用的（自洽的）理论解释。这就是我要讲的故事的开端。

在那时候，更准确地说是20世纪60年代，从物理学的角度，南部阳一郎①在理论上将对称性自发破缺的概念引入到基本粒子物理中。也就是在这时，我作为研究助理来到美国，和布劳特（Robert Brout）一起提出了解释短程基本相

---

① 南部阳一郎（Yoichiro Nambu, 1921— ），粒子物理学家，2008年诺贝尔物理学奖获得者。

互作用的理论。(布劳特于2011年已经去世了,留下我一个人。)我们发展了对称性自发破缺的想法。我们和彼得·希格斯(Peter Higgs)利用这种办法独立地构造了一种机制(简称BEH机制),它可以自洽地解释短程基本相互作用和基本粒子的质量起源。2012年欧洲核子中心的ATLAS和CMS两个实验组同时找到了BEH机制预言的新的基本标量粒子,这一发现最终证实了我们的理论。

像我前面说的,经过几个世纪我们理解了宇宙中的长程相互作用,包括广义相对论和电磁学。电磁学在量子水平也是有效的,这是非常重要的。这也是为什么我们将重点关注电磁学和量子电动力学以及它们的推广。量子电动力学是在量子水平被引入的,用来描述基本粒子光子——一种特殊的无质量矢量玻色子。光子表现为电磁波,这类电磁波只在垂直于它们传播方向才发生极化,这是由光子的无质量导致的,而且明显地被定域对称性所保护。所以我们进一步看到,如果要推广具有长程相互作用的力,会很自然地联系到杨-米尔斯(Yang-Mills)理论[①]。杨-米尔斯理论是量子电动力学的推广,并且在该理论中有更多的可以相互作用的"光子",这些"光子"也可以带"色荷"。但是,问题是杨-米尔斯理论中messenger粒子是无质量的。因此,可以非常直观地想象能从长程相互作用出发得到短程相互作用理论。我们可以看图1中费曼图,时间方向为从下到上,它描述的是两个电子通过交换一个质量为$m_z$的有质量粒子Z发生散射。在经典物理中,这种过程不能发生,因为它会破坏能量守恒。但是在量子力学中,如果时空的截断反比于$m_z$,这个过程是可以发生的。这要求杨-米尔斯规范玻色子获得质量,但是怎么实现呢?因为定域对称性会使得Z玻色子质量为零。一种简单的办法是利用对称性自发破缺,我会在后面解释。

我们来看看什么是对称性自发破缺。假设我在一个圆餐桌的每个位置对称

---

① 杨-米尔斯(Yang-Mills)理论,是现代规范场理论的基础,20世纪下半叶重要的物理突破,旨在使用非阿贝尔李群描述基本粒子的行为,是由物理学家杨振宁和米尔斯在1954年首先提出来的。

地放着盘子和玻璃杯。此时餐桌处于对称状态，此时如果某个人感到口渴，拿起其中某个玻璃杯，整个体系的对称性就会自发破缺。

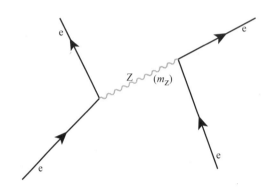

图1 有质量"媒介"粒子传递的短程相互作用

图2表示的是普通铁磁体的相状态，铁磁体中原子的磁子发生相互作用使得相邻的磁子方向趋于平行，并且在空间中进一步传播，使得铁磁体会表现出一个整体的磁性方向，并处在能量的最低态。此时，由于相位的存在使得体系的连续对称性破缺，并产生一定的结果。我们用图3中有效热力学势$V$来说明。

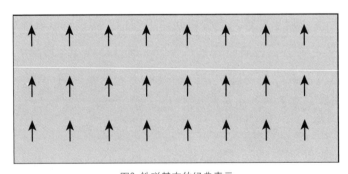

图2 铁磁基态的经典表示

当不存在外磁场时，势$V$的最小值描述铁磁的磁化强度。当温度高于居里点时，势$V$只有一个最小值，磁化强度$M_Z$为零。当温度低于居里点，在$V$-$M_Z$平面，形成两个势$V$的最小值，相应地，在$M_X$，$M_Z$方向产生一个谷（valley），看起来像"墨西哥草帽"。谷中的每个位置都可以定义为基态。对于给定的最小值，有效势的曲率可以测度磁化率的反比，并决定波长波动（fluctuation）的能量，因而在谷中的波动（◀箭头）不消耗能量。而势的扰动（▷箭头）会消耗能量。因此，我们有两种模式：有质量模式——势的扰动；无质量模式——在谷中的运动。不仅铁磁体具有这种无质量模式，超导理论也具有类似的性质。但是，在超导理论中，无质量模式实际不存在，它被系统中的等离子体（plasma）振荡"吃掉"了。我们将会发现，这与BEH机制有紧密的联系，它是BEH机制的原型。

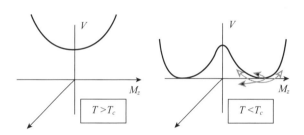

图3　高于和低于居里点$T_c$的铁磁体（ferromagnet）有效热力学势

南部最早将对称性自发破缺机制推广到场论中，他研究了无质量费米子的U(1)对称性自发破缺。我将会用一个更简单的Goldstone模型去描述。

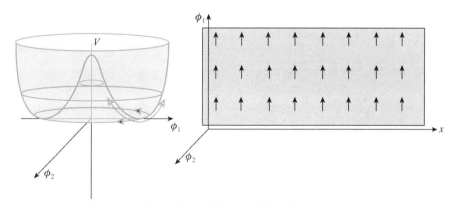

图4　Goldstone模型中的对称性自发破缺

Goldstone势与铁磁体势具有相同的形状。图4，势$V$在标量场（$\phi_1$，$\phi_2$）平面具有转动对称性（等价地，在复标量场U（1）变化下不变）。因此，如果在谷中存在两个最小值，我们可以选择其中一个作为真空期望值，这里我选择的是沿$\phi_1$方向，这样我们得到标量玻色子的场凝聚态（condensate）。类似地，我们得到有质量标量玻色子$\varphi_1$，它是$\phi_1$场的涨落$\phi_1=\langle\phi_1\rangle+\varphi_1$和无质量Nambu-Goldstone玻色子（NG玻色子）$\varphi_2$，$\phi_2=\varphi_2$，它是将对称性自发破缺引入理论中的结果。

在我进一步讲之前，让我用一个简单的图像去帮助理解。图5（a）表示所有场沿着$\phi_1$方向，如果我们将部分场沿着$\phi_2$方向转动（图5（b），（c）），它们是激发态，很显然这会消耗能量。但是，对称性自发破缺表明，如果我们转动所有场，将不会消耗能量。为什么？因为如果我们转动所有场，我们会得到另一个简并的真空，它们具有相同的能量。我们可以看到（图5（b），（c）），由于波长变化是不确定的，它的能量将趋于零。这就是无质量波，并且它的量子激发态的能量也为零，我们得到无质量的NG玻色子。

现在我们来看谷中电磁势的攀爬。图6表示的是与真空场伸缩对应的经典波。在谷中电磁势的攀爬需要消耗能量，因为它会改变每一处磁化强度。所以这是有质量模式，我们可以得到有质量的标量玻色子。

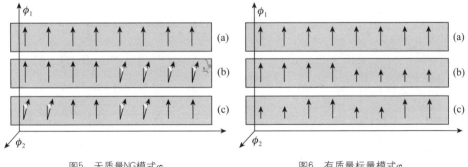

图5　无质量NG模式$\varphi_2$　　　　　　　图6　有质量标量模式$\varphi_1$

下面我将讲到BEH机制。BEH机制是定域对称性发生自发破缺的结果。我们可以用Goldstone势具有的简单的规范对称性来讨论。此时，我们有场凝聚态，并且我们还要引入规范场（$A_\mu$）来补偿消耗的能量。如果我们对所有的场凝聚态感兴趣，则当它们在谷中转动时，能量保持不变。但是现在我们关心的是在任意时空点沿任意方向独立的转动，此时能量也不会发生改变，这是由定域对称性决定的。可以看到利用对称性自发破缺的方式，我们能得到有质量的标量玻色子和无质量的NG玻色子。但是我们马上发现，这里有一个问题。如果考虑无质量的玻色子，与整体对称性不同，它会消耗能量，而规范场正好能够阻止其发生。因而当具有定域对称性时，NG玻色子将不再存在（这个结果最早是在1964年被彼得·希格斯证明的），因而被称作"虚构的"（fictitious）NG玻色子。这就是NG玻色子的最终命运。但是，如果NG玻色子消失了，将出现问题。我们从自由度$\phi_1$和$\phi_2$场出发，现在$\phi_2$场不存在了，因而自由度不相等，但是这是不允许的。因此这些自由度必须出现，在哪里呢？由于NG玻色子与规范场发生相互作用，所以它必须被规范场吸收掉了。但是，我们知道这对传递长程相互作用的规范场是难以实现的，它的规范玻色子是无质量的。因此只能在规范场中加入新的自由度，消失掉的NG玻色子为规范玻色子提供纵向极化自由度，并使规范玻色子获得质量，相应的相互作用是短程的。这就是最简单的情况下的解决方案，它可以推广到更复杂的非阿贝尔情形。考虑具有转动对称性的体系，它在$\phi_1$方向获得真空期望值。与之前不同，我们考虑的不是平面转动而是球面转动。此时，由于是三维转动，因而有三个规范场，有两种方式转动真空期望值，对应两个NG玻色子。如果对称性是定域对称性，NG玻色子将不会存在，因而我们得到两个"虚构的"NG玻色子。这样我们就得到两个有质量的规范玻色子和一个无质量的规范玻色子。同时$\phi_1$场的涨落可以形成一个标量玻色子。我们看到从每个NG玻色子出发可以得到一个有质量的规范场。BEH机制可以统一短程和长程相互作用。这里，我想引用爱因斯坦的一句名言："万事万物应该尽量简单，而不是更简单。"

此时我们得到了（规范玻色子）质量，但我们还必须定量地（数学地）考虑，用费曼图将其表示出来。图7表示与场凝聚态$\langle\phi_1\rangle$相互作用的规范场$A_\mu$的传播。第一个图显示的是规范场与场凝聚态的定域相互作用；第二个图显示的是由NG玻色子传递的非定域相互作用。两个图的贡献加起来为$\Pi_{\mu\nu}=\left(g_{\mu\nu}-\dfrac{q_\mu q_\nu}{q^2}\right)\cdot e^2\langle\phi_1\rangle^2$，其中第一部分依赖动量，本质上它与量子电动力学得到的结果相同。上式右边第二部分是与$\phi_1$有关的常数，可当作规范玻色子的质量$M_V^2=e^2\langle\phi_1\rangle^2$。这是一种最简单的情形，我们可以将上述结果推广到具有更复杂对称性的情形，得到规范场的质量，它依赖于生成元的个数。

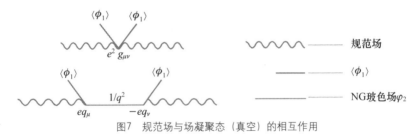

图7 规范场与场凝聚态（真空）的相互作用

现在我们将重点放在有质量的标量玻色子上。它与经典的Goldstone模型中得到的有质量标量玻色子完全相同，因为$\phi_1$方向的扰动与（定域）对称性无关。我们将它称为B玻色子或者BEH玻色子，但最好的名字是标量玻色子。如果将费曼图的时间轴方向转动，我们可以得到有质量标量玻色子$\varphi_2$与有质量规范玻色子的耦合，见图8。

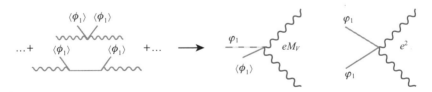

图8 标量玻色子$\varphi_2$与有质量规范玻色子的耦合

当然，我们可以推广到费米子质量情形，它最早是由南部研究的。如果要获得费米子质量,唯一的办法是破缺手征对称性。我们可以得到,费米子的质量正比于耦合系数和真空期望值,或者等价地,标量玻色子与费米子的耦合系数正比费米子的质量,见图9。

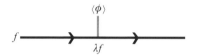

图9 费米子质量$m_f=\lambda_f<\phi>$,$\lambda_f$为费米子与标量场$\varphi$的耦合系数

从整体对称性破缺可以得到无质量的NG玻色子,但是如果我们要求具有定域对称性,NG玻色子将不会出现,它们被规范玻色子"吃掉",使规范玻色子获得质量。至此,所有的事情都是自洽的。我们看到BEH机制可以使费米子获得质量,费米子同时参与短程和长程相互作用。

规范玻色子的质量也可能来自费米子场凝聚态导致的对称性破缺,此时我们也有NG玻色子,它们被规范场吸收。这种机制称为动力学对称性破缺。它与自发对称性破缺的差别是它无法同时产生规范玻色子和费米子的质量。

最后你可能会问为什么需要BEH机制,为什么我们不能从一开始就引入质量项?这是因为BEH机制产生的质量不会破坏定域对称性,因而本质上理论具有可重整性,也就意味着从量子力学的角度看理论是自洽的。量子自洽性是BEH机制取得成功的最基本的原因,这一点可以通过一些精确实验去检验,并且得到了证实。

BEH机制最重要的应用是描述短程相互作用和电磁相互作用的电弱理论。电弱模型(标准模型)最早是由萨拉姆[①]、温伯格[②]在1967年提出来的。在那个

---

① 阿卜杜勒·萨拉姆(Abdus Salam,1926—1996)巴基斯坦理论物理学家,1979年诺贝尔物理学奖获得者。

② 斯蒂文·温伯格(Steven Weinberg,1933— )美国物理学家,德克萨斯大学奥斯汀分校教授,1979年诺贝尔物理学奖获得者。

时候,并不是所有的粒子都为人所熟知。20世纪70年代,人们预言了它们的存在。图10显示了所有已知的费米子,第一排是电子、中微子和原子的基本组分——三个带色的上夸克和下夸克,还包括它们构成的质子和中子。夸克之间可以通过胶子传递强相互作用,形成夸克禁闭。胶子是无质量的,但是由于非微扰的效应,强相互作用是短程相互作用。

在电弱理论中,对称群为SU(2)×U(1),引入了四个规范场和一个复标量场二重态(也就是四个标量场)以及无质量费米子。在标准模型中,对称性破缺可以得到三个NG玻色子和一个场凝聚态。这样其中三个规范玻色子获得质量,也就是$W^+$,$W^-$,$Z$,还有一个规范玻色子保持无质量,也就是光子。费米子也获得质量,而且我们还可以得到一个有质量的标量玻色子,它来自场凝聚态的涨落。1983年,由卡罗·鲁比亚[①]和范德梅尔[②]分别领导的UA1和UA2实验组首次发现了W和Z玻色子。这也间接地证实了BEH机制的正确性。但是由于没有确认BEH玻色子,这也可能是由动力学对称性破缺导致的。

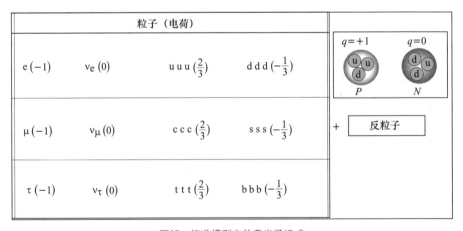

图10 标准模型中的费米子组成

---

① 卡罗·鲁比亚(Carlo Rubbia, 1934—   )意大利物理学家,因在实验上首先发现W和Z玻色子和范德梅尔分享1984年诺贝尔物理学奖。

② 范德梅尔(Simon van der Meer, 1925—2011)荷兰物理学家,因在实验上首先发现W和Z玻色子和卡罗·鲁比亚分享1984年诺贝尔物理学奖。

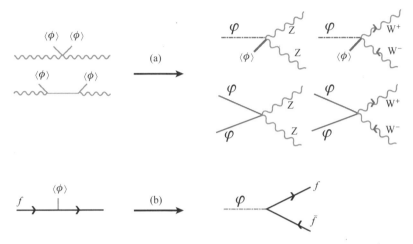

图11 标量玻色子φ与有质量规范玻色子以及费米子的耦合

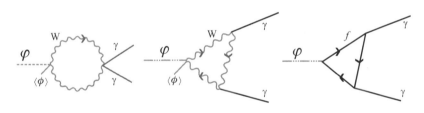

图12 标量玻色子φ与光子的耦合

现在我们来看BEH玻色子的发现。我不准备讨论它在ATLAS上的产生，而是讨论它的衰变。它可以衰变到有质量矢量玻色子，W和Z，当然还有费米子，见图11。最后，它还可以衰变到光子，这在经典水平是被完全禁戒的，但是在量子水平上可以通过圈图发生（图12）。BEH玻色子衰变到光子是非常重要的衰变方式，因为相应的圈图计算是量子水平的，因而可能对新物理敏感。

图13显示的是27千米长的圆形隧道，它包含了巨大的磁铁，里面包围着两束反方向粒子流，如图14所示。

图13 位于瑞士和法国交界处的世界上最大、能量最高的强子对撞机——LHC

图14　LHC的偶极磁铁

在加速环直径相反的两个位置分别有ATLAS和CMS探测器，如图15所示。

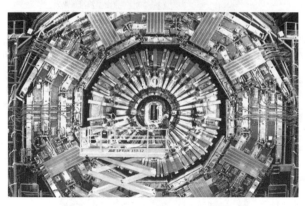

图15　ATLAS探测器（上）和CMS探测器（下）

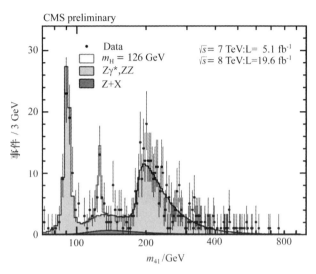

图16　标量玻色子通过两个Z玻色子衰变到四个轻子

ATLAS和CMS两个实验组在2012年独立地发现了BEH玻色子。图16显示的是某次实验探测结果，初态粒子衰变到两个Z玻色子，其中一个Z玻色子不在壳，也就是说它的能量不守恒，在量子力学中这样的过程是可以发生的。规范玻色子进一步衰变，因此末态是四个轻子。灰色区域代表的是预期的实验背景，它来自标准模型其他衰变过程。对于假定的质量区间，它不包含来自标量玻色子的贡献。虚线曲线测量的是可能来自标量玻色子衰变到两个矢量玻色子，然后进一步衰变到四个轻子的贡献。除此之外，人们还研究了其他的衰变过程，它们都在一定的误差范围内与标准模型符合。并且，BEH玻色子看起来像一个基本粒子。

在低能时，我们知道实验非常不支持动力学模型。我们可以用一个标量玻色子和场凝聚态去解释所有事情。并且因为它是标量，真空稳定性是否与超对称有关？另一个问题是，我们至今还未发现暗物质粒子，它在哪里？以及高温相变、量子引力、暗能量、暴涨以及宇宙的产生和演化等等问题都还未解决。

以上是我报告的所有内容，谢谢大家。

## 现场问答

**Q**：超弦理论在数学上形式很优美，但是我们知道至今在实验中尚未发现相应超对称粒子，您认为超弦理论是不是走到了尽头，它仅仅是个数学工具而已？

**A**：我不同意你的看法。超弦理论可能已经在别的地方给我们一些启示，只是现在我们还不知道在哪里。未来随着实验能量的提高，我相信可能会发现超对称粒子。

**Q**：您在报告中提到实验发现的新粒子几乎是标准模型的，有什么依据吗？

**A**：没有，仅仅是看起来很像。

**Q**：您的论文在彼得·希格斯之前发表，为什么现在大家都叫"希格斯机制"？

**A**：是的，我和布劳特教授的论文在彼得·希格斯机制之前提交和发表，但是斯蒂芬·温伯格当初在引用时将彼得·希格斯的论文错误地提早了一期，其实它是另外一篇完全不相干的论文，我不知道为什么会有这样的错误。事实上，我们在论文中利用的方法也比彼得·希格斯的论文更具有一般性。

# 一个美丽的诉求：
## 探索自然的天斧神工

# A Beautiful Question:
## Finding Nature's Deep Design

**2014年10月14日 14:00-16:00**

北京大学英杰交流中心阳光大厅

主讲人：**弗朗克·韦尔切克**
2004年诺贝尔物理学奖获得者

弗朗克·韦尔切克
Frank Wilczek

Does the world embody beautiful ideas? I will narrate, through notable examples, how the concept of beauty in physical law has evolved – and how it continues to guide our quest for ultimate understanding.

**个人简介：**

　　弗朗克·韦尔切克（Frank Wilczek）教授1951年5月生于美国。1970年获芝加哥大学学士学位，1972年获普林斯顿大学硕士学位，1974年获普林斯顿大学博士学位。曾供职于普林斯顿大学高等研究院以及加州大学圣芭芭拉分校理论物理所，并担任NORDIT大学访问教授。现任麻省理工学院物理系Herman Feshbach讲席教授。Wilczek教授的研究内容异常广泛，包括了凝聚态物理学、天体物理学和粒子物理学。

　　在普林斯顿大学读博士期间，Wilczek和他的导师戴维·格娄斯发现了量子色动力学中的渐近自由，因此共同获得2004年诺贝尔物理学奖。Wilczek教授所获其它荣誉包括：2002年获洛仑兹奖章，2003年获美国物理学会利林菲尔德奖，同年获布拉格查理大学数学与物理学院纪念奖章以及欧洲物理学会高能量粒子物理学奖，2005年获King Faisal国际科学奖。此外，Wilczek教授还著有大量科普书籍。

主办单位：北京大学　　承办单位：北京大学国际合作部　　北京大学物理学院

**专家导读**

撰文：北京大学物理学院吴飙教授

弗朗克·韦尔切克（Frank Wilczek）是美国理论物理学家和数学家，现任麻省理工学院物理系赫曼·费希巴赫（Herman Feshbach）讲席教授。他是当今最优秀的物理学家之一，在粒子物理和凝聚体物理等许多领域都作出过重要贡献。由于发现了量子色动力学中的渐近自由，他和戴维·格罗斯（David Gross），戴维·波利策（H. David Politzer）共同获得了2004年诺贝尔物理学奖。

韦尔切克1951年5月15日出生于纽约市郊的小镇米里奥拉（Mineola）。他父亲的祖先来自波兰，母亲的祖先来自意大利。他从小就表现出了过人的聪颖，喜欢各种智力游戏和玩具。他小学时测过智商，老师看到结果后非常惊讶，建议他父母让小韦尔切克转学去上私立学校。但他的家庭并不富有，小韦尔切克在公立学校上完了小学和中学，但他父母因此对韦尔切克的教育多了一份心：每周带他去玩具店买一个玩具，带他去书店买一本书。在上中学时，苏联发射了人类第一颗人造卫星。美国为了不落后，在中学里成立了很多"天才"班。韦尔切克当然入选了"天才"班，上了很多高等数学和科学课。他在学校里学习进程比同龄孩子总是快两年，于是他15岁就从中学毕业。1970年，韦尔切克不满20岁就在芝加哥大学获得数学学士学位。1972年他在普林斯顿大学获得数学硕士学位，1974年获得物理学博士学位。去麻省理工学院工作之前，韦尔切克曾经在普林斯顿高等研究院和加州大学圣芭芭拉分校的卡弗里理论物理研究所工作过。

1973年是韦尔切克人生中非常重要的一年。那时他是普林斯顿大学的研究生。刚到普林斯顿大学时，他研究的是数学，但很快被物理吸引。1973年韦尔切克作为戴维·格罗斯的博士生发现了渐进自由，即夸克之间的距离越近，其强相互作用越弱。假如两个夸克之间的距离极其近的话，那么它们之间的核力是如此之弱，以至于它们可以被看作是自由粒子。这个理论（休·波利策与韦尔切克独立地发现了这个理论）对于量子色动力学的发展是极其重要的。2004年他由于这项工作获得诺贝尔物理学奖。

同样是1973年，韦尔切克和他的同学贝琪·戴维尼（Betsy Devine）结婚。他们育有两个女儿，现都已经成年。贝琪是当时普林斯顿大学为数很少的女研究生，她被韦尔切克的天才所吸引。据他们自己回忆。那时美国出了个国际象棋天才——鲍比·费希（Bobby Fisher），他正和苏联的鲍里斯·斯巴斯基（Boris Spassky）争夺世界冠军。由于冷战的原因，这个比赛被赋予了政治意义，他们的棋被史无前例地在电视上转播。普林斯顿大学的学生聚在一起看转播，并大声预测下一步棋。贝琪很快注意到，当大多数学生大叫着预测某一步棋时，韦尔切克经常会冷静地预测另一步，而且几乎总是对的。

韦尔切克的研究兴趣异常广泛，除了粒子物理，他在凝聚态物理学和天体物理学方面也作出过非常重要的贡献。他参与了轴子、任意子、渐进自由、夸克物质的色超导性和量子场论的其他理论的发展。2012年他提出了时空晶体（time crystal）的概念，受到了广泛关注。最近他开始对量子算法、量子-经典混合系统感兴趣，并开展了一些初步的研究。

韦尔切克最崇拜的物理学家是麦克斯韦。他认为麦克斯韦不仅写下了描述电磁波的完美方程，而且开创了利用对称性发现新物理的先河。当麦克斯韦写下他的方程组时，物理学家还没有观察到变化的电场产生磁场。麦克斯韦发现如果要让方程组对称，就必须添加一项来描述变化的电场会产生磁场。后续的实验当然验证了麦克斯韦的预言。麦克斯韦研究过人的视觉并提出了红绿蓝三原色理论。受麦克斯韦影响，韦尔切克现在对人的视觉也很感兴趣，通过深入研究提出了解决色盲问题的新方案。

韦尔切克是一个勤奋的天才。他随身带着多种颜色的笔，以便随时记录自己的想法和进行计算。一次去黄山的旅途上，他一直在和同事热烈地讨论量子搜索算法，并拿出纸和笔及时进行计算。一个新的量子搜索算法就这样在旅途上产生了。韦尔切克和同事合作时，从来不会因为自己的地位而停留在想法和讨论上，而是会亲力亲为地进行细致的计算，并整理成非常漂亮的笔记。

韦尔切克非常乐于向大众介绍物理学的美和成就，撰写过很多科普文章，出版了多本科普书籍，比如 *The Lightness of Being: Mass Ether and the Unification of Forces* 和 *Fantastic Realities: 49 Mind Journeys and a Trip to Stockholm*。他最近的一本新书和本次讲座同名——*A Beautiful Question*（《一个美丽的问题》）。由于本次讲座是结合透明片做的，读者可能会觉得有些地方不清楚，或者会觉得这个讲座太短而意犹未尽，那么你可以去买这本书读一下。这本书写得非常精彩，详细描述了人类从古希腊开始如何去寻找自然中的美。这本书的中文翻译预计一年左右能出版。

韦尔切克的兴趣非常广泛，对包括音乐、美术、诗歌在内的艺术有深刻的了解，对如何促进科学和艺术之间的交流也非常感兴趣。

由于韦尔切克的祖先来自天主教主导的波兰和意大利，韦尔切克从小受天主教影响（韦尔切克不是犹太人，中文维基的说法是不对的）。但长大后，随着科学知识的增加和受罗素的影响，韦尔切克放弃了传统的宗教。但传统宗教依然影响着韦尔切克对自然和认识的思考，他相信有个解释所有自然现象的终极理论（a grand plan behind existence）。

2014年浙江工业大学成立了韦尔切克量子中心（Wilczek Quantum Center）。韦尔切克教授2015年正式决定，以后每年到中国至少工作一个月。通过这个平台，中国的物理学家和其他科学家和艺术家将会有更多的机会和韦尔切克教授交流合作，促进中国科学的发展。

一个美丽的诉求：
# 探索自然的天斧神工

一个美丽的诉求：探索自然的天斧神工　　69

我讲座的题目是：一个美丽的问题。我所考虑的美丽的问题是：大自然是否蕴含美？这是一个有悠久历史的问题。跟随思绪，让我们回到古希腊，尤其是毕达哥拉斯的时代，我们将会看到很多个世纪以来，大自然是否蕴含美这个问题是怎么变得越来越深刻和丰富的，以及我们今天怎么超预期地实现这个千年之梦，继续用美来引导我们对自然基本规律的研究。

我们从毕达哥拉斯开始。他关于美是如何在这个世界中体现的观点是完全静态的。我们知道毕达哥拉斯长什么样子。事实上，这是画家拉斐尔

"All Things are Numbers."

想象的毕达哥拉斯在学校的时候的样子。

他正在书上写什么，非常难看清，但是我研究过，他写的内容是"所有的事物都是数字"。现在很难理解这句话想表达什么，毕竟这么多年过去了。不过我认为我们可以肯定地说，毕达哥拉斯被毕达哥拉斯定理深深感染。毕达哥拉斯定理现在高中生就在学，我们认为它理所当然，看起来太简单以至于我们再看到它的时候不会感到惊喜。但是，想想发现它的意义所在，它的意义在于两个不同的世界——具有大小和形状的现实世界与数字代表的抽象世界——的紧密结合。从大小和形状中发现数字以及它们之间的关系是非常了不起的。我希望你们还记得这个：在直角三角形的三个边放上吻合的正方形，然后把它们分割成一个个小块来测量它们的面积。你发现两个短边上的小方块数加起来正好等于斜边上的小方块数。对于这个例子，a边有9个小方块，加上b边的16，等于c边的25个小方块。我们不知道毕达哥拉斯是如何证明这个定理的，不知道他是否证明过它，甚至不知道他是否确有其人。但是认定他证明了这个定理没有什么坏处，并且可以想象一下他是如何证明这个定理的。证明很美。这个是毕达哥拉斯当时最有可能用的证明方法。这个方法曾出现在一个很棒的短篇小说中，小说叫《年轻的阿基米德》，是奥尔德斯·伦纳德·赫胥黎[①]写的。故事中的英雄，那个年轻人或者说曾经的年轻人，名叫吉多，他在沙地上画了一些图，并说道"真是优美又简洁"。这些就是他画的：我们看到，这代表两个大小一样的大正方形，它们有相等的面积，如果你看这些匹配的三角形，接着看把它们移走后剩下什么。我们看到左边有两个正方形，和直角三角形的两个短边匹配；右边有一个大的正方形，和直角三角形的长边匹配，就像我们前面看到的。在这两个图形中，你都从大正方形中拿走了相同的三角形，这样你就证明了毕达哥拉斯定理。在这个证明中，我们只是通过手动分割了一些图形。

---

[①] 奥尔德斯·伦纳德·赫胥黎（Aldous Leonard Huxley, 1894—1963），英国著名作家、小说家、哲学家，代表作有《美丽新世界》等。

所以你能明白这种发现所带来的激动,世界,物质世界可以被数字解释,你可以用这些漂亮的图和巧妙的思考来解释物质世界的事物,真的很令人激动。

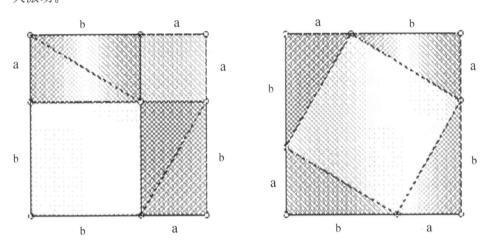

毕达哥拉斯还有一个将抽象的概念世界与物质世界相联系的重大发现,一个我们至今都不知道如何解释的发现。这是一个关于什么样的音符放在一起好听的发现。所以毕达哥拉斯研究了一种非常简单的乐器——一根弦。他是第一个"弦理论学家"。对于如何使拨弦弹出的音符放在一起好听,他发现了两个法则:给这些弦加上重量,这些重量的平方如果正好是整数比,音符听起来就会感觉很好。如果不是,则它们听起来不好听。想象你摁住琴弦不变,在相同的张力下拨弦的不同位置,如果琴弦的长度成小整数比例,音符听起来会很好听。例如,比例是2∶1的话,你会得到一个八度音,如果比例是3∶2,你得到属音(dominant fifth)。它们都会听起来不错。如果类似1.2∶1,就会很难听。这就是不和谐。就像我说的,这个规则被毕达哥拉斯发现,直到今天我们仍不知道它为什么对。数字和我们对世界的感知之间有这么简单的关系,这是一个非常了不起的发现。事实上,我有个关于这个规律为什么对的理论,可以在一会儿提问时解释。

毕达哥拉斯的发现和他的关于自然应当蕴含美丽的、可以被我们发现的数学关系的态度激励了著名哲学家柏拉图。柏拉图也是一个有天赋的作家。正因为如此，他的理念影响人类对世界的看法长达几个世纪。我想提及历史上柏拉图的两个观点。第一个是利用对称构造结构。这五个三维立体被称为柏拉图固体。

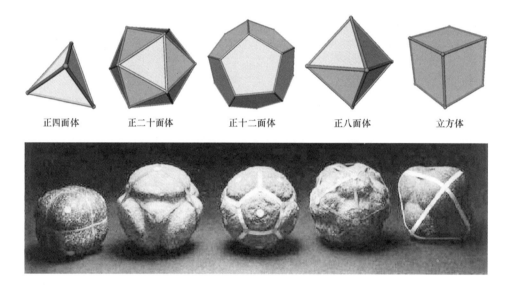

正四面体　　正二十面体　　正十二面体　　正八面体　　立方体

为了解释它们，我从简单的地方讲起。先说二维规则图形，就是等边等角的图形。这些称作正多边形。它们中最简单的是等边三角形，有三条边，接下来是正方形，四条边，然后是五边形，有五条边，以及六边形。任何一个数字都对应一个图形，有无穷多个这样的图。它们都很好很美。但是如果到三维，就会更加有趣。问一个类似的问题，我们要找正立体，它们的每个面都是由正多边形构成，这些正多边形在立体的每个顶角相会。图中是五个这样的图。它们被称作柏拉图固体。只存在五个柏拉图固体，没有更多，这是一个美妙的发现。这是欧几里德在《几何原理》的最后一卷——第13卷中得到的最后一个结论。似乎欧几里德的伟大的《几何原理》就是为了得到这个最终的巅峰发现：

只有五个正立体,即所谓柏拉图固体。在这张图上你可以看到它们和它们的名字。这个是正四面体,每个面都是等边三角形,有四个顶点,四个面,在一个顶点处汇集三个面。立方体的每个面由正方形组成,正八面体由八个等边三角形组成,正二十面体由二十个等边三角形组成,非常精美。正十二面体由五边形组成。在那时,人们有关于物质世界组成方法的想法。他们有"元素理论",认为物质世界由四种不同的元素组成:火、水、空气、土壤。柏拉图受到只有五种正立方体和四种元素存在,且五约等于四的启发,大胆地假定不同元素的原子由这些立体组成。甚至有不同元素的物理性质如何来自不同正立方体的理论。可以看到四面体很尖锐,很容易伤到你的皮肤,故代表火。土壤,可分得非常整齐,所以立方体代表土壤。水缓缓流动就像二十面体可以流畅滚动。八面体,由于一些我不确定的原因,被认为代表空气。一般的思考者可能会停步不前,因为四约等于五但不是严格等于五。但是柏拉图是天才,他不会遇到这种矛盾就停止。他大胆往前走了一步,发现了十二面体的用途。根据他

的观点,十二面体是整个宇宙的形状。亚里士多德更加聪明,随后改变了这套理论。那个时候人们认为填充大地和天空之间空虚的是一种叫"以太"的物质,亚里士多德想知道以太的原子是什么。他推测那个剩下的柏拉图固体,我确信你们会叫它"柏拉图固体",是组成以太的原子。现在我们当然不可能赞同这套理论的所有细节。事实上,从所有可能的方面讲,这套理论都是错的。但是它包含了一个深刻真理。尼尔斯·波尔[①]曾经这样定义深刻真理:一个普通真理的反面是错的,但是一个深刻真理的反面也同样蕴含着深刻真理。蕴含在这套不是很对的理论中的深刻真理就是:可能的对称结构已被大自然用来建造对称结构了。这是个当今看起来也很对的观点。

顺便一提,柏拉图没有发明柏拉图固体。在他之前,人们就用这些固体来帮助他们思考问题。在牛津大学的阿斯莫林(Ashmolean)博物馆中,你可以发现展区内展示着被削成柏拉图固体形状的石块。它们发现于苏格兰,年代大概在公元前2000年。它们可能被用在一些类似于《龙与地下城》的骰子游戏中。

后来,开普勒运用这些柏拉图固体来构造天体轨道的大小和形状的模型。在那时,人们已经发现了六个行星,但为什么有六个行星呢?开普勒发现五个柏拉图固体正好可以用来解释为什么会有六个行星:如果有六个球面,两个相邻的球面间嵌套一个柏拉图固体,就正好有六个圆形行星轨道。这个模型确实太漂亮了。但开普勒通过自己的研究发现这个漂亮的模型是不对的,行星的轨道是椭圆的。

开普勒通过观察数据建立了精确的行星轨道,最后被牛顿的动力学理论解释。随着这个成熟行星模型的建立,一个完全不同的关于"美是如何蕴含在世界中的"的概念出现了。牛顿的理论现在被称作经典力学。在牛顿的《力学原

---

[①] 尼尔斯·亨利克·戴维·玻尔(Niels Henrik David Bohr,1885—1962),丹麦物理学家,丹麦皇家科学院院士,曾获丹麦皇家科学文学院金质奖章,1922年获得诺贝尔物理学奖。

理》一书中有一张图。确切地说,这是那部伟大著作里唯一的图,是我在整个科学世界中最喜欢的图。图里描绘的是一个假想实验。想象你有一个物体,可以是地球,也可以是其他东西。我们就想象这是个地球吧。你站在山上,扔一个石头,在水平方向上越来越用力扔。牛顿问自己这样会发生什么。如果你扔的不是很用力,根据常识,石头跑一段距离就掉到了地上。想象你越来越用力扔,当用力足够大时,这时你最好闪开,不然石头转一圈回来会砸到你的后脑勺。山可以或高或矮,结果都一样。因此,这个图告诉我们这里有相同的物理现象,相同形式的力。造成石块下落的力和让石块绕地球运动的力的本源是一致的。这种力被叫作万有引力。造成石块下落的力和让物体绕着轨道旋转的力是一样的。

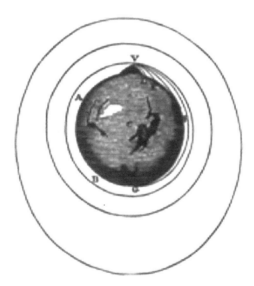

毕达哥拉斯和柏拉图的关于自然蕴含美的观点是静态的,他们试图用一种固定的结构来解释事物的原因。甚至在开普勒的行星模型中,太阳系也有一个固定的独特的结构。在牛顿力学里,每个轨道都没有什么特别之处,特别之处在于所有轨道的整体性,你可以用相同的动力学定律解释不同的现象。动力学

定律是解释事物随时间如何变化的定律。这是关于"自然蕴含美"的完全不同的理解,一个更加综合和正确的概念。

除了帮助人们更好地理解世界的结构的动力学方法,牛顿还发展了一个非常强大的方法,他称之为分析和综合。这方法有时被称为还原论。他真正的意思并不是那么花哨,就是说为了搞清楚一件事,应该将其分解成更小的部分,把小的部分理解好了,再组合起来理解整体。牛顿用一个特殊的例子以令人印象深刻的方式展示了这种分析方法的威力。他第一项工作是分析与颜色有关的现象。他展示了由棱镜产生的颜色。用一束白光照射棱镜,白光分解成五颜六色的光,被称作光谱颜色。这说明尽管白色光是复杂的,但是可以把它通过棱镜分解成不同颜色的光。分解后,如果将它们射入另一个棱镜,又重新回到了白光。白光是复杂的,但是其成分——光谱是简单的。牛顿还用了很多方法来研究光的成分。他发现,例如,绿光穿过各种介质之后仍是绿光。用不同方式得到的绿光也有相同的物理性质。因此,这是光最基本的成分。一旦你理解了,你就可以知道如何把各种颜色的光重新合成白光。

牛顿同样强有力地分析了物体的运动。他将运动分解成很多小的微元,每个微元的运动很简单,可以用简单的力和加速度关系来描述,然后再用现在称为微积分的方法将微元的运动结合到一起得到那个思想实验里的所有轨道的整体运动。我认为是这个理想实验,而不是看到苹果从树上落下,导致牛顿发现了万有引力。

牛顿的成就激发了那个时代周围的人对他的惊讶、好奇、崇拜,甚至有时充满敌意。这是威廉·布雷克①画的牛顿。可以看到牛顿体格健硕,身材很好,像我一样,喜欢不穿衣服工作。他非常专注于他正在做的事。他正在用数学的方式解释世界如何运转,专注于画中的图案。他正在努力寻找真正的、深藏的

---

① 威廉·布雷克(William Blake,1757—1827),英国第一位重要的浪漫主义诗人、版画家,英国文学史上最重要的伟大诗人之一。主要诗作有诗集《纯真之歌》《经验之歌》等。

物理世界的美。牛顿理论对世界描述达到了一个全新的精确水平，给出了非常准确的行星轨道，完全符合当时可用的最详细、最精确的天文观测数据。这与柏拉图基于物理尺寸和形状的对世界如何运转的模糊解释完全不同。同时，他的理论还具有普遍性。同时做到这两点是革新的。测量师和会计师可以做得很精准，哲学家则一直雄心勃勃想解释这个自然，但是，同时做得精准和解释自然则是完全新的。

可以想象，布雷克被牛顿的成就所感染。牛顿不仅意识到世界可能是根据数学规律创立的，而且发现世界确实就是按照这种方式建立的。

真正的现代物理学开始于19世纪中晚期，源于麦克斯韦的工作。让我来描述一下在这个阶段人们对美如何蕴含在自然里这个概念理解的演变。麦克斯韦提出了一种新的方法去思考自然界的规律以及世界是如何工作的，这个方法叫猜测。用数学和静态的思考来得出这个世界应该如何工作，然后你发现这就是世界工作的方式。麦克斯韦所做的就是把当时所有已知的电和磁性质结合成一个方程组。所有这些东西都可以用我在这里展示的几何语言解释。有高斯定律，它告诉你关于流，专业的说是电通量，如何从一个面上穿过。有相应的磁性定律。安培定律告诉我们电流是如何产生磁场的。法拉第定律告诉我们，磁场变化产生电场。当麦克斯韦将我们所知道的所有这些规律结合在一个系统中时，他很快发现有一个矛盾。正如柏拉图那样，发现有五个正立方体，但只有四个元素。也正如柏拉图并没有停止，最终找到了创造性的解决方案，麦克斯韦没有止步于已知的定律。麦克斯韦找到方法修正它。他发现了一个实验上不曾观察到过的未知效应。它是为了和法拉第定律互补。如果你添加了这个新的效应，这个方程组就变得一致。这个新效应是，正如不断变化的磁场产生电场，变化的电场也会产生磁场。我刚刚忘了提示一下，我用三种不同形式写下了麦克斯韦方程组，每一个都逻辑严密，每一个都很漂亮，无论是积分形式还是微分形式。我使用的是一点点高等数学，但它们完全等同于这些几何表达方式。我不会去解释麦克斯韦方程组的细节，我想强调的是麦克斯韦如何发现这个新的物理效应和他的新预测：他考虑了当时所有已知的知识，发现了不一致性，然后寻找一个优美的方式改进它。麦克斯韦当时相当年轻的。年轻人应该感到鼓舞——不需要等年老你就能作出卓越的贡献。事实上，麦克斯韦在48岁时就死于疾病，但他拥有一个非常富有成效的人生。他注意到了他在方程组中新增加项的一个显著的后果。法拉第表明可以通过改变磁场影响电场。现在，麦克斯韦提出，不断变化的电场导致磁场。所以现在你可以有：磁场变化，电场变化，磁场变化……这样整个系统就有它自己的生命，不断振动。麦克斯韦计算了这些自洽振动的速度，发现它们的速度是光速。哇，因此麦克斯韦写下这美丽的句子："……我们几乎无法避免'光是引起电磁现象介质的横向波动'这一推论。"所以现在光被解释为一种电磁现象，我们把它称为电磁波。直到今天，这仍然是我们关于光的最基本的图像。但还有更多的结果，如牛顿发现的，光有很多不同种类。在麦克斯韦方程中，不同种类的光对应于电磁场在空间和时间上不同的变化方式。也就是说，不同的光具有不同的波长和不同的频率。可见光对应于一定的波长和频率。但麦克斯韦方程还包含波长和频率不对应于可见光的电磁波,这些电磁波我们的眼睛不能感知,在那个时候也没有被实验发现。如果你来看与可见光相比更短的波长和更高的频率,你会得到X射线和伽马射线。如果你往另一个方向去寻找,更长的波长、更低的频率,你就得到红外线和微波辐射。这些就是今天我们用来烹饪与交流的电磁波。它们的发现源自于我们在描述自然时追求美和一致性。威廉·布雷克写下这篇鼓舞人心的诗歌:"如果感觉的大门被净化了,人类就会看到这个世界真实的模样,人类的感觉和世界都是无限的。"只从字面上理解,这些美丽的诗句描述的就是麦克斯韦找到的真理。

"We can scarcely avoid the inference that light consists in the transverse undulations of the same medium which is the cause of electric and magnetic phenomena."

在麦克斯韦其他的工作中,他澄清了人类对颜色的感知是基于不同种类的对时间和光谱的平均。世界是连续的和无限的,不仅如此,它从三个不同方向超越了我们所感知的物质生活。所以,毫不夸张地说,如果能让感知通透洁净,如果我们可以提高我们对电磁辐射的感知,我们会看到世界是无限的。这是一个有趣的事情。

赫兹[①]是实验物理学家。他第一个用实验证明了麦克斯韦提出的新效应确实

---

① 海因里希·鲁道夫·赫兹(Heinrich Rudolf Hertz,1857—1894),德国物理学家,于1888年首先证实了电磁波的存在。并对电磁学有很大的贡献,故频率的国际单位制单位赫兹就是以他的名字命名的。

对应于一个真实物理存在。他也是第一个产生和探测一些新的包含于麦克斯韦方程组的辐射的。他发展了无线电技术，但那不是他最初的动机，他最初是想证明麦克斯韦方程。我认为下面这段赫兹的话不仅是科学界，甚至是全世界最优美的文学作品之一："一个人不可能逃避这种感觉：数学公式具有独立的存在性和它们自己的智慧，它们比我们聪明，甚至比它们的发现者更聪明。我们从它得到的东西远远多于我们曾经的投入。"我希望你们同意他的描述没有任何夸大。

麦克斯韦方程组不仅预测了新的现象，给予我们有趣的技术，而且它们引入了一个对世界的新的数学描述。这个数学描述在20世纪主导了物理学的发展，这就是方程的对称性。还记得我说过的柏拉图固体吗？它们在某种意义上都是非常对称的立方体。能应用于科学的关于对称性的精确数学描述——我们需要这个概念的精确数学描述——听上去非常奇特：对称性就是变而不变。这是什么意思？当我们第一次描述正多边形和柏拉图固体时，我们为什么只提及这些事物，比如等边三角形而不是其他种类的三角形？因为如果你绕等边三角形的中心旋转120度，改变了其中的每一点，但你不改变三角形的整体。所以，你可以变而不变。如果你讨论的不是一个正三角形，则没有这样的变换。因此，对称的意思就是，可以做变换，这些变换本可以改变物体但实际上却没有。

从数学角度，麦克斯韦方程组揭示了一个全新的概念：大自然喜欢具有对称性的方程。这是什么意思？它意味着变而不变。去理解这个含意，我们可以考虑一个简单的例子。$x=y$是一个很好的简单的方程，它是对称的。你可以在不改变这个等式的同时做一些变化，当你交换$y$和$x$，方程$x=y$变成$y=x$，但是这个等式意味着同样的含义。所以它是变而不变。这个对称方程的特殊性正因为存在这种可能性，你可以做一些改变而不改变它的内容。如果我们看一下方程$x=y+2$，它是不对称的。如果你交换$x$和$y$，你会得到一个有着不同意义的方程。

麦克斯韦方程里的对称性更为精妙和先进，我们不能够像描述上面那个简单的例子那样描述它的对称性，但思想是一样的。你可以改变在麦克斯韦方程中的电磁场、空间和时间，做非常复杂的变换，但如果你使用恰当的方式进行转换时，方程的含义保持不变。事实上，人们通过这种方式发现了两种变换。一种变换现在称为狭义相对论，对方程组进行这种改变，相当于一个人以恒定的速度移动时看到的事物变化。例如，这样的人可以看到，一个静态的电荷变成了电流，所以，麦克斯韦方程组会看起来不同。但是如果你以特定的方式改变电荷和场，它们会有完全相同的内容。这一事实引导爱因斯坦发展了他的狭义相对论。

一种不太常见的对称性叫作规范不变性。我不会在这个简短的演讲中尝试描述它。这是另一个变换，你对麦克斯韦方程组做这个变换，改变方程组的外观，但不改变其结果。而且，非常重要而深刻的是，我们可以把整个思路反过来：去寻找满足对称性或者支持这些变换的方程。对称方程是非常特殊的方程，因为大多数方程是不对称的，如果你改变它们，它们的意思就会改变。但麦克斯韦方程组恰恰在这些变换下是对称的方程。因此，它可以被看作是柏拉图的梦想的升华：利用自然界蕴含对称性这个想法来探寻世界运转的方式。

因为技术故障，我们讲座的进度落后了，所以我要跳过原子的量子美。虽然它很美，但是我想讲讲当今前沿物理的美。不过，我们还是简短地展示一下原子世界的图像。现代描述原子的方法是：电子被描述为波，振动波，就像拨动的毕达哥拉斯的弦。振动模式对应于电子的运动。你可以解这个方程来得到这些振动是怎样的。你可以用新潮的计算机图形处理技术把这些结果绘成一幅美丽的图画。这是氢原子中电子的典型状态之一。以任何标准来看，都是一个拥有不平凡美的对象，我认为任何艺术画廊都会以展示这幅图而为之骄傲。

今天我们依然利用自然蕴含美来指导对世界的探索。这个探索的前沿是我们对不同种类力的统一理论的追求。让我以一个令人惊讶的方式来介绍一下这个前沿，让我们回到十二面体。十二面体，提醒你一下，是五个柏拉图固体之一，一个曾经被柏拉图想象为整个宇宙形状的固体。你可以把它用作日历，因为它有十二个面，而且五边形有很多的空间，它可以平放。你看，这是个用十二面体做成的日历。

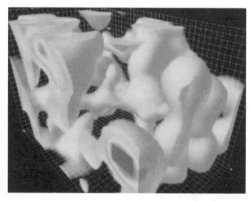

好，如果你上网看到这样的图像，它的意义是非常明显的。这些是构成十面体的五边形结构，按照一种特定的方式被展开了，将它们拼起来你将得到一

个十二面体，意义很明显。五边形和它们组成的方式是给定了的。但假设你面对着这个图案，有人搞了些破坏，擦掉了一点东西，隐藏了一点东西，最近你也没在思考十二面体，而且也没有参加这个讲座，你可能不知道怎么弥补这个图案得到十二面体。但事实是你一直在思考十二面体，你知道这肯定也是十二面体，这只是某人不完整的复制品。事实上五边形以一种一侧三个的方式组合在一起，在这种简单的模式下，明显提示了我们这种图案是构成十二面体结构的一部分，但不知何故，或是电脑故障，或是其他错误把它的一部分抹去了。好了，所以，知道这个之后，现在我们讨论标准模型。

物理学的标准模型是对物理世界的描述，它不仅包含了描述电磁波的麦克斯韦方程组，还包含了类似的其他方程。我把它们称之为"激素版"麦克斯韦方程组，它们描述了其他基本的自然力，所谓强和弱相互作用。对强和弱相互作用的描述是基于麦克斯韦方程组的推广——杨-米尔斯方程。它们被提出以后就成为核物理中最具推动性的发现。在任何情况下，这三个力与重力似乎给了我们一个很完整的、深刻的和准确的对物理世界的描述。我们可以用一个图忠实地描述出我们所知的自然规律。这就是那幅图。我们有三种力，它们有不同的对称性。强相互作用有三种不同的电荷，它的对称性是SU（3）；弱相互作用有两种不同的电荷，它的对称性是SU（2）；麦克斯韦的电动力学中有一种电荷。我想尝试更详细地解释这些，这些解释将出现在一本书中。你不能仅仅以幻灯片上看到的文字去对世界进行细致的描述，展现出符号的含义，但无论如何，这个理论非常漂亮，非常紧凑，非常准确。这种对世界的描述出现在20世纪70年代中期。从那以后实验科学家一直在试图检验或推翻它。如果你验证了它，你就会得诺贝尔奖。在那些年里发生的一切就是实验物理学家以越来越高的精度验证这个理论。所以，我认为说标准模型在很高精度上描述了世界如何运转是没有问题的。它是基于对称性的，它非常接近自然的最终秘密，非常妙，也体现了物理世界的美。但是恰恰因为它是非常接近自然的最新研究成果，我们应该以更高的标准来要求它。如果我们把它放到最高的标准，它不太符合。我们知道自然界有三种基本的力以及重力。三个比一个多，四个比一个更多。所以这不是全面的、统一的最终描述。我们同时需要六种基本的物质来满足不同对称性的变换，让整个理论成功。六个绝对多于一个。而且，有两个恼人的重复，连同电子，$\mu$子，$\tau$轻子和所有其他粒子。我们也有这些粒子的克隆，更加复杂化了世界的描述，我不去过多地提它。另外，有一些所谓的 Higgs 粒子。如果你真的追根寻底，标准模型还有一些可以改动的部分。无论如何，事实是你可以在一张幻灯片中写下对整个世界的描述，真是相当震撼的。但我们可以做得更好。

现在让我们回到十二面体，那个不全的图案。图案的各个部分具有一定的对称性，但我们知道，可以补上一些图案，把它们都拼起来，得到一个具有更高对称性的正十二面体。与我们现在理解的世界类似，它由四个不同的部分来描述，每一部分都是可理解和对称的。我们最想了解的是，是否可以通过补充，得到一个具有更大对称性的体系，并由此来说明为什么标准模型不是完全对称的。当然，如果我没有一个准备好了的答案，我不会讲它。

是的，就是这样。我们可选择一个可能的对称性，它包含了麦克斯韦方程和标准模型的所有对称性。其中一个对称性的结果特别漂亮，这就是所谓的 SO（10）对称，涉及10维空间的旋转。我不会去讲数学上的细节，请相信我说的就好了。如果你这样做，那么所有的微分方程，这些弱、强、电磁力可以被一个巨大的推广的麦克斯韦方程组描述。这种转变是如此的强，可以将许多不相关的物质相互转换。我们发现，现在我们不是有六种不同的物质，而是一种。太棒了！在这个 SO（10）对称性下，很多东西都有机地契合在一起，它能解释很多标准模型不能解释的神秘现象。但美并不是真理的所有，这个 SO（10）模型的第一个预测似乎是错误的。如果我们观察到的不同的力是一种力的不同方面，它们都应该有相同的强大，但它们不是这样的。强相互作用之所以被称为强相互作用，是因为它确实比其他力强。如果我们考察不同的力，我们发现它们有不同的强度。在一定的距离上看，电磁力比弱相互作用还弱。它从根本上说也确实更弱。

幸运的是，我们在20世纪物理学中学到的一个东西是，在我们眼前的毫无一物的空间里，实际上有很多完全自发的运动，它们发生速度之快、距离之短，使得我们的眼睛和其他感官完全无法察觉。当我们的电脑解出我们所知道的关于强相互作用的方程时，结果告诉我们，在胶子场，一种量子场中，有波动的不确定性，因此在真空中胶子场的能量分布有变化，看起来尺度真的很小，真的很快。所以当我们看粒子的性质时，特别是看力的大小时，我们看到的不是一个力大小的真实表示，这里有扭曲。因此我们要回归本源，看看回到本质时，这些力是否是一种力的不同表现形式，特别地，它们是否有相同的大小。我们必须一些修正，这就像一条鱼游过湍急流水。我们研究了这些修正，这是我得到诺贝尔奖的原因之一。当我们研究短距离作用时，发现了我们所做的修正，看到了强力是什么样的。它描述了在更短的距离下会发生什么变化，如果我们一步步缩短距离，强力会变弱。因为力的强弱会随距离改变，想得到相同力的本源的事实，我们就应该缩短距离。你可以应用相同类型的推理以及相同的计算来考察弱相互作用。看，在短距离时，强相互作用和弱相互作用确实变得一样强了，我们统一了许多东西。这不是很震撼，因为两条线本来就会相交于一点，不是非常令人印象深刻。然而，我们有第三种力，由此我们可以检验理论是否正确。糟糕，虽然比较符合，但不是很吻合！它们开始时非常不同，然后非常接近，但它们始终不完全吻合。我们在这样的情况下做了什么？科学哲学家们，特别是卡尔·波普尔①，他告诉我们，科学的目标是得到一个

---

① 卡尔·波普（Karl Raimund Popper，1902—1994），当代西方最有影响的哲学家之一。他原籍奥地利，父母都是犹太人。第二次世界大战期间，他为逃避纳粹迫害移居英国，入了英国籍。波普研究的范围甚广，涉及科学方法论、科学哲学、社会哲学、逻辑学等。

可证伪的理论。在这里,我们不仅得到了一个不可证伪的理论,而且是错的。任务完成了,我们应该感到快乐。但是,这当然不是我们想要的,美的想法是宝贵的,我们不想轻易放弃它们。我们乐于去想大自然会使用它们的。也许我们的野心和胆量还不够大。现在很难想出一个更大胆的办法了。我们把所有种类的力变成了一种,所有的不同种类的物质变成了一种。你怎么能做得更多?嗯,我们仍然有力在一侧,而其他物质在另一侧。力和物质可能是同一事物的两个方面,我们能统一它们吗?所以,电子和强子构成物质。但直到1974年,物理学家还不知道如何给出如此强大的对称形式:把玻色子变成电子,把胶子变到夸克,等等。

Nobel Prize Inspiration Initiative

IN PARTNERSHIP WITH:

HOSTED BY:

## 2014年诺贝尔奖创新启迪项目-学术讲座

# 解密细胞增殖

## Paul Nurse 保罗·纳斯
### 2001年诺贝尔生理学或医学奖获得者

时间：2014年12月15日下午2:00—3:30
地点：英杰交流中心阳光厅

> 专家
> 导读

# 懂得生命真谛的人

撰文：北京大学分子医学研究所 陈晓伟研究员，肖瑞平教授

　　古罗马的哲人西塞罗说过："懂得生命真谛的人，可以使短促的生命延长。"这句名言用来形容保罗·纳斯爵士，却是更为不凡。正是他在细胞分裂这个核心生命过程中的伟大发现，让无数的生命得以延长；而他对科学界的服务，也让许多如他一样的科学家的才华得以绽放，从而为增进更多人的福祉作出贡献。

　　众生芸芸，却在初始时非常相似，大多从一个细胞而来。随后，这个细胞由一分二，由二成四，直至变成千千万万。这个通过分裂而实现细胞增殖的过程，无论是对低等生物维持种群，还是高等生物如人类的成长发育，都至关重要。与此对应，细胞分裂这个关键过程的病变，几乎无一例外地会对生物体产生巨大伤害。虽然人类百年前就观察到了这个神奇而精密的生命现象，但是细胞分裂是如何发生的？它被哪些基因调节？这些调节出现错误会有什么后果，而我们能否修正这些错误？这些激动人心的问题，一直吸引也困扰着无数探索生命的科学真谛的人们。而它们的答案，都由于保罗·纳斯爵士的工作，开始一步步被人类知晓。

　　和许多伟大的人物一样，保罗·纳斯的出身非常普通。1949年1月25日，他出生于英国一个蓝领家庭，父亲是一位技工，母亲则是一位清洁工。他自己描述道："我的兄妹早在他们15岁时就不再上学了，家里也基本上没有任何书"。但在8岁那年，他看到苏联的人造地球卫星飞越伦敦夜空时，就迷上了科学。然而，纳斯的求学道路并非一帆风顺。他因法语考试不及格，在申请大学时被英国一众名校拒之门外。幸运的是，一位教授说情让他破例进入伯明翰大学。1970年，纳斯在英国伯明翰大学获得生物化学学士学位。之后他去往东英格利亚大学，开始酵母遗

传学和细胞生物学研究,并于1973年获博士学位。随后,他游历于欧洲的数个实验室从事博士后研究,最终加入了英国的帝国癌症研究基金会的伦敦实验室开展细胞分裂的研究。

细胞增殖所经历的分裂周期(简称为"细胞周期")分为四个阶段:G1期、S期、G2期、M期。细胞在细胞周期中依次经过上述四期,完成其分裂、倍增。在分裂周期之外,细胞处于静息期——G0期。细胞周期的不同阶段中,细胞需要完成一系列不同的事件来完成分裂,实现倍增:在G1期中细胞不断生长变大。当细胞增大到一定的体积,就进入S期。DNA的合成、遗传物质的复制等主要事件在S期完成。在G2期,细胞要检查其DNA复制是否准确完成,为开始分裂做好准备。在M期,染色体一分为二,细胞分裂成为两个子代细胞。经过一个细胞周期,两个子代细胞获得完全相同的染色体,也就实现了细胞的成倍增殖。分裂结束后,细胞退回到G1期,细胞周期完成。然而,G1期的细胞并不总是马上进入下一个细胞周期。多数情况下,它可退出细胞周期,进入静息期——G0期。在哺乳动物中,细胞周期一般需要2～4小时来完成,而细胞通常每隔10～30小时会进入细胞周期,从而分裂一次,实现倍增。上述的各个过程都需要被精密调节。

20世纪70年代,恰恰是分子生物学和遗传学研究开始爆发的前夜。保罗·纳斯在他的实验室里,利用酵母开展遗传学筛选,分离了一系列影响细胞分裂的突变体。随后他利用分子生物学方法,克隆并解析了细胞分裂周期的一个关键调节因子CDK(细胞周期蛋白依赖激酶cyclin dependent kinase)。CDK是通过修饰其他蛋白质(磷酸化)来驱动细胞周期的,同时他也发现了反向调节,解除CDK诱发的磷酸化的蛋白磷酸酶。这些发现揭示了控制细胞周期的开始和终结的一个完整的正/负调控机制。更为重要的是,他发现人类细胞中也存在对应的CDK基因,并行使同样的调节细胞周期的功能,反映了细胞增殖这一核心生命过程在生物进化中高度的保守性。值得一提的是,对CDK活性的调节,能够对早期的变异细胞——癌变的早期细胞基因起到修复作用,使其恢复成正常细胞的功能。因为癌症恰恰就因细胞分裂的失控而发生,纳斯的发现对于认识和治疗癌症有着深远的意义。

上述的工作让纳斯和另外两位科学家分享了2001年的诺贝尔生理学或医学

奖。颁奖机构之一的卡罗林斯卡医学院发表的新闻公报总结道："所有有机体均由通过分裂而成倍增加的细胞所组成。一个成年人大约拥有100万亿个细胞，而这些细胞都源于一个受精卵细胞。同时，成年人机体中大量的细胞还通过不断分裂产生新细胞，以取代那些死亡细胞。在细胞开始分裂之前，它们必须生长变大，复制染色体以及把染色体精准地分配到两个子代细胞中。这些不同的过程都通过细胞周期来调节。本年度的诺贝尔生理学或医学奖得主在认识细胞周期中作出了杰出贡献。"

保罗·纳斯爵士在自身科研之外，也致力于服务科学界。他先后担任英国帝国癌症研究基金会主任、美国洛克菲勒大学校长、英国皇家学会主席等关键职务。他一方面身体力行，坚持科研中诚信和追求学术卓越而非虚名的重要，为从事科研的学者作出榜样。另一方面，他直面政治压力，在关键的科学政策问题上不予退让。纳斯坚信"科学领袖要担负揭发（政客们）谎言谬论的责任"。在科学教育、科学伦理和包括气候变化等公共问题上，他坚持以科学而非政治的角度来处理科学问题，并积极与公众交流，从而促进科学发展。

保罗·纳斯在1999年因他的卓越贡献被英国女王封爵。他也是英国皇家学会会员和美国国家科学院外籍院士。在2015年访问北京大学期间，他受聘为北京大学名誉教授，并被选为中国科学院外籍院士。目前，保罗·纳斯担任英国弗朗西斯·克里克研究所首任所长，在这个欧洲最大的生物医学实验室里继续他的事业。

# 解密细胞增殖

首先，谢谢诺贝尔媒体、科学办公室主任亚当·史密斯的介绍。我真的很荣幸能够来到这里，来到这所美丽的校园。我知道北京大学已经很多很多年了，知道这是一所拥有很多优秀传统的学校，因此我一直都希望能有机会来这里访问。我很感激这次演讲的机会，能够在这里与大家分享一些东西，也非常感谢今天上午北京大学授予我全球研究员的职位。我会珍惜的。我很高兴能够来到这里，非常感谢！

我今天要讲的是我的实验室是如何研究细胞增殖调控的。这也是被授予诺贝尔奖的主要原因。我想向你们解释一下，在生物学、基础生物学以及医学领域里，为什么这是一个重要的问题。我还要阐述一下如何去研究一个复杂的问题。你可以选择一个大家了解很少的生物学问题，再去进一步试图理解它。我希望我能够在如何做科学，以及在实验成功过程中团队合作和沟通的重要性，还有运气的重要性等方面给你们一些启发。

我将要讲述的内容相当古老，就像你们从我的头发颜色就可以看出来一样。这也意味着我讲的有些事情你们会觉得很奇怪,因为我们现在会用不一样的办法。但是你们会从今天的演讲里面学到一些别的东西,因为我可以看到在观众里有很多活跃的研究者,包括我自己在内,我们如今,与我以前做这个研究的时候相比,可以更有效地去思考。对于我来说,这个研究是一个非常激动人心的冒险,我也希望我能够传达一些激情给你们。

我知道很多观众都来自不同领域,所以有些时候你们会感到无聊,因为我可能会讲些你们不知道的事情。或者有些人可能会离开,因为无法理解我讲的内容。不过我会尽量讲一些大家都能明白的,至少能让大家都开心。

现在,我想先讲一些历史背景。因为我研究的问题是细胞增殖,所以首先解释的是如何调控细胞增殖。350年前,细胞被英国皇家学会的创始人——胡克[①]所发现。有些人可能知道胡克定律。他用他的显微镜,第一个对细胞进行了描述。他在被切开的软木上看到了一些"盒子"。这些盒子让他想起了修道院中修士居住的单人小室(cell),所以他就给它们起名为细胞(cell)。这个就是生命的基础单位。细胞被德国科学家,也是病理学开创者魏尔啸[②]进一步详细阐述。他得出两个结论:第一个结论是每一个动物都是由一些有活力的单位组成,每一个单位都是一个完整有个性的生命。换句话说,细胞是生命的基础单位,它是一个活着的单位,是最简单的,用来表述生命的实体。这是生物学中非常关键的概念。他陈述的第二个结论用拉丁语"Omnis cellula e cellula"(所有的细胞源于细胞)来表达,也是今天我演讲的主要内容。所有细胞都通过细胞增殖源于之前存在的细胞,我们把这增殖过程叫细胞周期。在你们身上每天都有成千上万个细胞在进行着这样的过程。

为什么说细胞增殖重要?我想从三个方面简单解释一下。第一,它是所有

---

① 罗伯特・胡克(Robert Hooke, 1635—1703),英国自然哲学家、建筑师和学者。

② 鲁道夫・魏尔啸(Rudolf Virchow, 1821—1902),德国医生、人类学家、病理学家、生物学家、作家、编辑和政治家。

生物生长增殖的基础。第二，它把DNA复制（复制遗传信息）这个分子过程连接到细胞过程，也就是细胞分裂中。第三，在医学上，它对癌症有着关键的重要性。先来说说第一条。比如，我们在实验中提到的哺乳动物小鼠的胚胎。你们可能知道小鼠胚胎源于一个单个细胞，通过反复的增殖，形成大量细胞，然后分化成为胚胎，最终形成生物体。这个基础是细胞分裂。这是去理解这个过程的关键。我想强调一下，在胚胎初期所有哺乳动物都看上去很相似，而且我想提醒在座的每一个人，你们每一个人都曾看上去都很相像过。如果我没有令你们产生兴趣，我认为你们可以走了。所以细胞增殖的基础就是你们的基础，生长增殖促使你们的存在。第二个方面是关于连接。所有的DNA复制到细胞分裂都属于细胞周期，它们是细胞周期中的关键步骤。你们需要知道一些词汇：细胞生命的开始，叫它G1期；DNA复制之前为S期；然后是G2期，在此期间，细胞准备分离；在细胞分裂期间，为了生产两个细胞，被复制的染色体位于细胞两端，每个细胞得到完整的一份遗传信息，染色体中包含着被复制的DNA，然后在有丝分裂过程中分离，也就是M期。所以我们有G1，S，G2和M期。因此细胞周期连接了DNA复制和细胞复制，也可以说是把化学生物化。第三个方面是对癌症的重要性。当基因受损，细胞会腐坏，开始不受控制地生产大量细胞，最终形成肿瘤。而这失控的细胞增殖就是癌症的基础。因此，理解细胞增殖是非常重要的。这有两个理由：一个就是癌症，它会产生癌症；二就是，细胞周期过程中基因损伤经常是导致癌症的起因。所以我们应该对它感兴趣。因为这个理由，细胞周期是非常重要的，然后我想解释的问题是，如何控制它，如何研究它？

  其实我的工作曾在不同的地方进行过。我一开始是在瑞士的伯恩工作，后来去了苏格兰的爱丁堡，然后又到了老的帝国癌症研究中心——英国癌症研究中心的前身。我以前掌管那里，而且很多重要的工作都是在那里完成的。研究中心在伦敦，现在已经被腾空，马上要被拆除，所以每个人都搬到了Francis

Crick研究所，你们可能有所了解。之后我去了牛津，从牛津又回到了那里。再后来又去了纽约。我的大多数工作都是在这段时间里完成的。

当你一无所知的时候，如何解释像细胞增殖这样的问题，如何知道怎么调控它，这是我在20世纪70年代时给自己提的问题。那是很早以前了。当你对一个课题什么都不知道的时候，你很难开始。一个非常有力的方法就是运用遗传学，因为你可以通过遗传学去寻找对过程关键的基因，而且即使你对这个过程什么都不了解，也可以运用遗传学。我列出了当时的实际方法。你可以选择一个生物体，比如酵母，单细胞生物体。我一会儿再讲这个。先说下方法。你可以做的就是选择一个生物体，比如单细胞生物体酵母。你随机地突变它们，在不同的细胞里不同的基因会受损，然后寻找存活的细胞，观察它们的行为是不是与你关心的过程有关。这是一个随机的方法，通过随机的突变，寻找有意思的突变体，然后找到在你感兴趣的过程中起重要作用的基因。这是原理性的总结。

这里的重点是这样的方法可以让你在不知道这个过程的情况下确定一些对这个过程重要的基因。那我现在应该选择什么生物体来研究呢？选择单一模型的生物体是最有效的。像细胞增殖这类的问题，对于所有细胞或者生物体都是常见的，之所以研究单细胞的生物体是最好的，因为它只会自我增殖。因而我选择了裂殖酵母（*Schizosaccharomyces pombe*）。我下决心要研究细胞周期。我现在告诉你为什么。当我还是一个研究生时，我在研究植物霉菌的氨基酸代谢。那是世界上最无聊的课题，或许所有研究生都会说我的课题也是世界上最无聊的课题。但是我的例子是真的。我的工作是分析从细胞出来的氨基酸，虽然没有被告知这样做的理由。我当时可以用一个在Bechenham新发明出来的机器，叫作氨基酸分析仪。那是原型机。所有原型机共有的特点就是它永远正常运作，这台也是如此，主要问题在于它有太多的安全设备。它的测量用的是层析法，很多液体参与其中。它有一个压力设备，用来监测液体（压力，以确保压力）不会太高，因为如果太高，机器就会自动关闭。它每次只能工作2

小时40分钟,即使是45年以后我依然记得,很明显已经印在我脑子里了。它有一个不好的特性就是如果你让它工作2小时41分钟,它就会弃掉之前的所有数据,然后你就什么也得不到。每次你操作它,它都有50%~75%的概率会自我关机。这是一个非常烦人的工作。作为一个研究生,我遇到了这个问题。渐渐地我掌控了这台机器,找到了所有的安全装置,然后关掉了它们。我通过用一些铁丝和胶水来令它们不工作,直到机器可以完成这个过程而且不会自我关机。这其实是一件非常危险的事情。我唯一能做的就是坐在它前面,看着压力指针,当指针到达红色区域,我就要关闭它以免它爆炸。从你们的微笑可以看出,你们会觉得这个跟课题有什么关系。有些人可能也经历过类似的事情。一直盯着这台机器无疑是一件无聊的事情,所以我做了一件一半研究生不经常做的事情,就是读文献。研究生经常倾向于把文献打印出来,放在桌子上,但是不去读。当然,你们现在是下载PDF文献,然后还是不去读。但是我的情况是,我会这样拿着我的文献,表盘会在这里,手指会在这个附近,然后我读文献。当时,我读了李·哈特韦尔①的关于芽殖酵母的文章,其中讲到隔离在细胞周期过程中失效的突变体。我当时想这个看上去令人非常激动,所以认真地读了所有的操作方法。其中根本没有提到氨基酸分析仪,因此我当时觉得这是一个很好的方法。那时的主要问题是,我是一个生物化学家,从来没接触过遗传学和细胞生物学,为此我去了瑞士去学习遗传学,然后去了爱丁堡大学学习细胞生物学以及裂殖酵母。

我想给你们介绍两位绅士,两位都已经去世。一位是利奥波德②,在瑞士的伯恩,是他教会我遗传学。另一位是米基森③,在苏格兰时和我一起工作。这两位绅士,我希望你们注意下,我在他们俩的实验室期间,一共发表了17篇

---

① 李·哈特韦尔(Lee Hartwell, 1939— ),美国华盛顿州西雅图市哈钦森癌症研究中心前院长和主任。
② 乌尔斯·利奥波德(Urs Leupold, 1923—2006),瑞士遗传学家,主要研究裂殖酵母。
③ 默多克·米基森(Murdoch Mitchison, 1922—2011),英国动物学家。

文章，但是他们的名字没有出现在任何一篇文章上，因为他们觉得他们的贡献不足以署名。当时没有我们现在这样的习惯。很多年之后，我依然非常感谢他们的慷慨。那我具体做了什么呢？我用裂殖酵母进行突变处理，然后寻找那些不能完成细胞增殖周期的突变体。究竟怎样寻找呢？我们知道，细胞质量随着时间而增加，也就是细胞随着细胞周期生长。你可以看到细胞生长，然后香肠分裂成两个细胞核，再回到原点。如果你现在有个基因无法让细胞周期完成，或者无法让细胞增殖完成，那么那个细胞就会一直生长，不会分裂，细胞会长得越来越大，直到变成一个很长的香肠。没有更简单的了。我通过突变操作，寻找温度敏感的突变。虽然有些突变体会死，但是我必须寻找一些突变体能够在一个温度而非另一个温度生长，然后寻找长得非常长的细胞。通过这样的分析，我隔离并得到了50个突变体，而且确定了30个细胞分裂周期的基因——cdc基因。这30个cdc基因对于细胞增殖非常重要。在这里介绍一点背景知识。在70年代中期，我们在酵母自由生产中发现了30个与细胞分裂周期相关的基因。我知道这个是因为我们最近（分别）敲除了裂殖酵母中的每一个基因，共5000多个。我的实验室通过和韩国财团合作敲除了每一个基因，并且找到了每一个与细胞分裂周期相关的基因，一共有将近300个。第一次实验中只找到了10%。我们有一个目录，其中记载着所有与任何生物体的细胞周期相关的基因，共约300个。我对这个结果非常满意。但是，你们还记得我感兴趣的是什么吗？我不是要找能够引导细胞增殖的基因，而是要找能够控制细胞增殖的基因。那么问题是，什么是控制？如何发现它？回到刚才的设计实验，控制对不同的人意味着不同的事情，但是一个关键、强大的控制是能够决定速度，并且产生曲线的。当你坐在车里，请问什么是这辆车的控制，答案可能是不一样的，但是控制的一个非常重要的特性就是如何让你跑得更快。当然，加速器往往就可以让你走得更快。我之所以举这个例子，是因为当你拿掉车门，不会让车跑得更快，拿掉引擎也不会让你的车跑得更快，相反车不会动。但是如果你操作油门，你可以让引擎转得更快或者更慢。我阐述这个的关键理由就是，如果你有一个控制，然后能够控制东西动得更快，你就非常有可能得到一个限速的步骤，因为你可以通过调控这个步骤来促使整个过程运作更快。让一个过程慢下来是很容易的，仅仅需要随便失活一些不重要的步骤，然而一个步骤能让整个过程加速，那这个步骤就是限速的步骤。能明白这个逻辑吧？这个不难明白。那么如何知道整个过程快了呢？请看这里。假设细胞完成细胞周期需要这么多时间，当细胞周期被加速后，细胞就不能够充分生长，然后细胞就会在很小的情况下开始分裂。很简单吧。这个现象叫wee（苏格兰语中wee是小的意思）。因此我把这些突变体叫作Wee突变体。当时我觉得这个现象很好笑，但是35年后，我不再这么认为。我隔离了这些Wee突变体。我给你们看下它们的照片。这是我隔离的第一个Wee突变体。这个是野生型。在显微镜下就能看到我刚才说的意思。细胞在它只有一半大的时候开始分裂，因为我加速了细胞周期。我有一位的合作伙伴，Peter Fantes。这篇文章是我自己独立发表的第一篇文章，只有我自己，发在了《自然》杂志上。

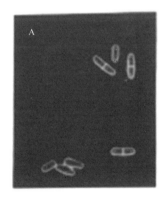
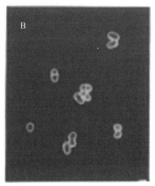

现在我要告诉你的是，这个试图寻找Wee突变体的设想实验其实是假的，甚至我刚刚解释的所有东西都是假的。实际上，当初我是在显微镜下寻找Cds突变体的。我看到一些像这样的细胞，然后想它意味着什么。只有看到什么才

会想什么。我之所以这么说是想告诉大家,生物以及自然会给你一些反馈,只有当你注意到,你才会发现它。不光要会看,还要会想,然后你才会构建。但是,很多人在做报告时从来不会说这一点。他们总是说他们的想法有多伟大,然后如何完成它。但是事实就在眼前,只需要去弄明白它。

这个第一个发现的突变体是一个温度敏感的突变体。温度可以从低调到高。当我把温度从低调到高时,它作用于细胞周期的哪里?是不是作用于周期晚期?如果是,细胞就会在体积小的时候开始分裂;如果它作用于周期早期,它很有可能会阻止细胞周期的发生。在这里我不会给大家一一介绍我的实验数据,你需要知道的是,在45分钟时有一个移位,然后有些细胞开始在体积小的情况下分裂。这告诉我们,这个基因作用于细胞分裂的45分钟之前。在生殖过程为2小时40分钟,分裂的45分钟之前正好是细胞进入有丝分裂时。这个极为简单的实验可以给我几个结论。第一,细胞周期过程中有一个限速的步骤。它可以没有,你也可想象它没有,但它确实存在。第二,我们发现了一个基因作用于细胞周期,名为wee1。第三,在有丝分裂之前有一个G2期。在这我给大家介绍一个非常简单的突变体隔离实验,完成于20世纪70年代。当这篇文章真的发表在《自然》杂志时,我的印象非常深刻,但是会有人说没有人是瞎子,他们总会注意到的。当时我是逐渐完成的。其实这样很好,因为我有了充裕的时间来继续工作。在发现这个之后,我隔离了更多的Wee突变体,以便于弄清楚这个系统,我觉得需要隔离50个突变体。除了在显微镜下寻找没有别的简单办法,因此隔离50个突变体花费了我将近一年的时间。你知道这是需要耐心的。我隔离了50个突变体。我先说说前49个,在筛选期间,我同时比对它们是否都是我想要的同一个基因还是别的基因。前48个都是wee1,而第49个有所不同。我在一个下着雨的下午在爱丁堡得到的它。我当时看到那个皿上长满了霉菌,而且很累,就把它扔到了水池里。我回家后,在喝茶时突然觉得有些内疚,所以我又骑回实验室去工作,那时雨还在下着。我从垃圾里找到那个皿,因为我们不经常清理垃圾，虽然这很令人遗憾。我尝试去隔离它，这花费了我两周的时间，那些霉菌严重影响了那个皿。这是50个之中唯一不是*wee1*的突变体，而是另外一种，名为*wee2*。这时，我有2种基因，49个突变体是*wee1*，1个是*wee2*。由于很多突变体都是*wee1*，你会想*wee1*可能是有丝分裂的一个抑制者，因为它很容易被突变，很容易被失活从而激活有丝分裂。我认为我得到了一个有丝分裂的抑制者，这样我可以把它锁住从而促进细胞的成熟化。如何在没有得到克隆基因之前证明这件事情是一个问题。接下来内容我可能要一带而过了。如果你需要，可以休息两分钟然后再回来，因为内容比较复杂，且也不是很重要。你可以通过头发来认出我。我的头发还有颜色，有胡子。这有一位我合作者——Pierre Thuriaux，我们如何验证*wee1*突变体是一个失活功能的？逻辑是这样的。如果它们之中有一个突变是无意义的突变，这个突变会引起蛋白缩短，这个缩短的蛋白很有可能没有功能。我们当时也是这么认为的。因此，我用这50个突变去和控制板比对，就像用tRNA寻找终止密码子一样，然后发现一个编有底物5的tRNA可以抑制突变体*112*，从而能够恢复细胞大小。我们就得出了它是一个无意义的突变。如果它是无意义的突变，它就是没有功能的。因此，*wee1*是一个抑制者。除非你了解这些内容，否则它不会对你意味着任何事，不用担心。如果你了解，那你会明白*wee1*是一个抑制者。那么*wee2*呢？我对*wee2*的逻辑是这样的：由于*wee2*非常罕见，我认为它是正向作用的，也就是说你改变它的功能，如果它的功能对于细胞增殖很重要，你就能够使增殖加速，这是非常难以能做到。如果是这样，你会注意到，一个*cdc*的突变体能够让细胞生长但是无法分裂。接下来我就把*wee2*直接和30个*cdc*基因进行了比对。幸运的是，你们知道这只是所有的基因的10%，其中一个突变体和*wee2*很类似，我叫它*cdc2*。我认为*wee2*就是*cdc2*的同位突变体。作为一个严谨的工作者，我隔离了50个*cdc2*突变体，花费了12个月，通过运用传统遗传学我做出了一个完整的*cdc2*图谱。这个办法有人做过，记得霉菌上的苯环基因么，跟那个很像。接着我把wee2在图谱中比对，看是否能得到什么有用的结果。结果是wee2同位比对到了cdc2基因的中间。这也就是说cdc2可能被突变成两个不同的方向。如果你通过TS突变敲除它，有丝分裂可以完成。如果你将wee2突变体激活，那么它会让有丝分裂在未成熟的情况下结束。这样证明了它是个限速步骤。现在，如果你刚刚把脑子切出去了，你们可以切回来了。我们现在得出的结论是，我们找到了一个限速步骤；一个额外的G2到有丝分裂的转变；然后2个基因，cdc2正向作用，wee2反向作用。直到现在都还符合逻辑吧？请点头，我好继续。

就像我跟你描述的一样，我当时非常激动，但是世界并不这么激动。主要原因是，在当时的20世纪80年代，他们认为所有的控制都应该在细胞周期之前，如G1或者G1S，而不是G2到有丝分裂。所以我想我应该做些关于G1S的工作，好让我找到工作，因为当时我一直都是短期工，6个月那里，9个月那里，12个月这里，始终没有找到工作。我做了一个名为承诺练习的实验。我和我的技术员Yvonne Bissett一起做的。这个工作还算比较简单。这是细胞周期，我有不同的cdc基因，阻断不同的位置，10到15个位置。我做了如下实验。我使细胞停留在细胞周期的不同阶段，然后问，如果我刺激它们，它们会不会进入到永久成长的渠道上？而永久成长的渠道是和其他细胞结合，也就是吃细胞。我使细胞停留在细胞周期的不同阶段，然后看它们能不能结合。结果是令我开心的，因为说明在G1期有一个过渡，是细胞进入细胞周期。芽殖酵母中也存在着同样的事情，并存在这一个保守的调控。我认为这个可以帮我找到一份工作。我决定做一个调控实验来发表这个发现。做调控实验不是个好主意。在调控实验中利用了Cdc2，毕竟是我研究得最多的，而且知道它作用于G2阶段。由此结果应该给我一个低水平的结合率。所谓低水平结合率，我是指3%~5%。最后一个实验，也是做好的一个实验就是利用Cdc2。我做了，然后得到的结果是20%。肯定哪里出了错误。我又做了一遍，25%。然后我想肯定是温度、水浴、突变体出了什么问题。你们也知道,生物学家经常抱怨温度和水浴。我检查了温度和水浴,然后又做了一遍,25%。然后我买了一个大的温度计,又做了一遍,还是25%。于是我把它放到一边几天,然后又做了一遍,28%。是25%,既不是0也不是100,它在中间。我开始感到沮丧因为其他做得都很好。我的所有阴性结果都低于5%,Cdc10在100%,然后这个结果却是20%~25%。这使我有一天晚上睡觉时做了一个梦。在梦中,我的肩膀上站着一个天使和一个恶魔。你们知道天使和恶魔么?恶魔对我这个耳朵说:你知道吗?你完成了所有的实验,唯一一个没做好的就是涉及Cdc2的实验。恶魔继续说:在这个世界上,唯一知道这个实验的只有你。他说:你可以发表出它以外的其他的,没有人会注意到。在你发表后,世界会对它感兴趣,而你也会得到一份工作。所有事情都会变好。然后天使,我感觉得到他向这个耳朵说话。他说:Paul,你不能这样。他说:你不能这样做。假的科学就是假的真理。他说:我知道你不准备发表这个。即使我知道这意味着你无法付你的房租,也知道这意味着你的两个孩子会被扔到大街上。但是,你这个科学是假的真理。你不能发表。我在冷汗中惊醒,天使和恶魔慢慢从我的肩膀上消失。我当时想一定还有别的其他办法。一定有第三个办法。我想或许我应该相信这个结果,即使直到当时,我依旧认为25%是错误的,因为就是觉得不对。但如果它是对的呢?这个可能听起来很奇怪。当你得到一个不合理的结果,你往往会想方设法让它合理。我好几个月没有去想它,不管它是否正确。一段时间之后我又考虑了这个问题一两天,我意识到当温度升高时 *cdc2* 在这里起了作用,在那里也起了作用,而且细胞很有可能在进入结合之前被卡在这里,即使大部分会被卡在这里。这个很可能就是导致25%结合的原因。我把细胞集中在G1,重复了之前的实验,然后我得到了100%的结合率。接着我对DNA含量进行了分析,发现当温度升高时,*cdc2* 突变体无法复制DNA。这就是说 *cdc2* 参与了细胞周期中的两个阶段。它作为限速步骤控制细胞周期从G2到最后,也控制了细胞进入细胞周期的承诺步骤，即G1到S。这意味着 *cdc2* 是一个非常关键的调控者。接着，我决定要让自己明白 *cdc2* 是怎么起作用的。

到这里为止，全是关于前DNA克隆。我知道你们不懂这是什么。其实这个词是DNA克隆的前身，我们称之为PC，不是政治批判的缩写，它发现于20世纪70年代末期。你们都可以做DNA克隆。我让实验室暂停了对细胞周期的研究，然后进行了几年对裂殖酵母的细胞遗传学研究。这个过程需要很多东西。我和我的博士后，David Beach共同开展了裂殖酵母的信息传输技术，以及载体、表达载体、驱动子和突变基因的制备。所有事情都要自己完成，就像我说过的，花费了我一两年的时间。作为结果，我通过利用互补技术克隆 *cdc2*。（我在这介绍一下，）以防你们不了解这个技术。这是一个裂殖细胞，这是一个有缺陷的 *cdc2*，你把它放入基因库中，其中随机包含着酵母的5000个所有的基因，一个片段或者一些片段会包含 *cdc2*。如果酵母细胞摄取到它，质粒就会表达有缺陷的Cdc2蛋白，其基因组是有缺陷的。这个会补助它的缺陷，然后细胞能够生长和分裂，我去观察这个过程是否会发生。如果发生了，皿上会长出克隆，你就可以隔离质粒从而得到基因。这是原理，稍微有些烦琐，其实就是基因整合到了基因组上。我会讲其中的细节。通过这个办法我得到了基因。那是我得到的第一个细胞周期基因。第二件有意思的事情是，我需要对它测序。我的基因序列是2000个碱基长，我花费了3个月的时间去完成测序。我知道我们现在只需要15秒，但是在80年代，测序需要3个月。这个测序由我和一位博士后完成。在测序完以后，我把它和一个基因数据库进行了比对。这个数据库中的基因总数为50。你能想象么？只有50个基因。唯一一个比较相似的，但是相似率不高，是一个致癌基因，源于病毒，叫 *src* 致癌基因。*Src* 致癌基因被托尼·亨特[①]猜测为一个蛋白激酶。然后我想Cdc2也可能是一个蛋白激酶。蛋白激酶是做什么的呢？有些人可能知道，有些人不知道。蛋白激酶给其他蛋白附

---

[①] 托尼·亨特（Tony Hunter, 1943— ），生物学家，Salk生物研究所和加利福尼亚大学教授。

加磷酸根，也是加入一个基团进去。磷酸根是一个很大的负电荷结构，它能改变蛋白结构。如何证明Cdc2是个蛋白激酶？我把它表达于细菌，然后纯化蛋白，再打到兔子中，这样会产生抗体。我们取出抗体，用抗体来免疫沉淀它，从裂殖酵母的提取物中可以看到它具有蛋白激酶的活性。拿一个假蛋白作为蛋白激酶的对照，如果你有一个温度敏感的突变体，如其中之一，体外的激酶活性会被激活25%~37%。如果用一个温度敏感的突变体重复同样实验，在温度高的时候，它会在体外被抑制。能明白吗？其实就是，它的活性取决于温度。由此证明了这是一个蛋白激酶，这个工作是由Viesturs Simanis和Sergio Moreno完成的。我们开发了一个蛋白激酶试验。这个试验告诉我们，激酶活性随着细胞周期而变化。这个蛋白激酶活性是始终存在的，而且在细胞进入细胞周期时，激活达到一个很高的水平。到目前为止，我们发现了在G2到有丝分裂过程中有一个主要的限速步骤，其限速细胞周期，*cdc2*和*wee2*参与其中；*cdc2*表达一个蛋白激酶；蛋白激酶在有丝分裂之前会被激活。因此，这提醒我们这个限速步骤是用来激活激酶的。现在整个故事开始更合理了。

为了给整个故事更多分量，我们克隆了*wee1*，还有其相关的基因*cdc25*。Paul Russel在我的实验室做了这个工作。*Wee1*也被发现是一个蛋白激酶。此时，数据库里面有了多达500个的蛋白。我们把序列进行比对，并发现它是一个蛋白激酶。对于Cdc25，我们发现它的作用是相反的。我们猜测它是一个磷酸酶，但是此时，数据库中没有磷酸酶的序列，完全没有。我必须要说的是我当时并不相信等位性。一段时间后，Jack Dickson发表了一篇关于磷酸酶的文章。当时我在等待转乘747飞机，没有文字可读，唯一在手上的是*cdc25*的序列和Jack Dickson的序列。我盯着看了5个小时。然后发现有3个碱基是一样的，并且彼此相邻，是H，C，G。我记得非常清楚。然后我想：这意味着什么呢？我把这个在实验室里说了，然后他们说：别傻了，当然，那不意味着什么。十年之后才知道，那就是磷酸酶的激活位点。确实是，但是我们没有做。现在我们有了一个模型，Cdc2被Wee1磷酸化、被抑制，但是被Cdc25激活。Kathy Gloud来到我的实验室。她从事的正是通过利用大量的磷32进行cdc2磷酸化研究。我们当时用的是25毫居里磷32来做体内标记。我们混合25毫居里磷32在酵母培养液中。现在我不能让研究生用50微居里以上的量，但当时是25毫居里。在分析的时候，就是我现在给你们提到的，首先是有一个磷酸化的酪氨酸。这是第一个磷酸化的酪氨酸。第二，我们看到当细胞进入有丝分裂时，这个磷酸化的酪氨酸渐渐消失。这个酪氨酸15，它的磷酸化取决于Wee1。因此，Wee1磷酸化酪氨酸15，从而抑制Cdc2，但是Cdc25作为磷酸酶，能够去磷酸化。但在当时这只是一个猜测。

我现在要讲下生物化学和我克隆的另外一个基因，这个基因能够在遗传基础上和 *cdc2* 相互作用，叫 *cdc13*。这个基因的测序是由我的两个研究生Hagan和Jacky Hayles完成的。她的名字你会经常看到。通过测序，我们发现 *cdc13* 和 *cyclin* 比较相似。*Cyclin* 是我的朋友——蒂姆·亨特[①]发现的。其实他在一年前和诺贝尔媒体一起来过中国，并且也做了演讲。我们有一个模型就是在G2到M的过程中有一个限速步骤。其中，Cdc2和Cdc13相互作用，被Wee1（另一种参与作用的基因）抑制，被Cdc25激活。

到目前为止主要问题是，所有实验都是在酵母上完成的。虽然我很爱酵母，但是世界上的大多数人并不对酵母感兴趣。所以下一个问题就是：在人身上有没有相关性？我认为这很重要，所以我一直在问来到实验室的每一个博士后："你愿不愿意试图在人身上找下相关性？"所有人都说："不，他们说不有一个合理的理由。我必须说这个理由非常合理，因为你要知道酵母和人类早在10~15亿年前相互就岔开了。想一想，恐龙的灭绝是在6500万年前，酵母与人岔开比这个还要古老20倍。那么能找到一个一样的基因的概率有多少呢，而且还是在它存在的情况下。当然，你还要考虑到，它们的控制系统可能存在

---

[①] 蒂姆·亨特（Tim Hunt, 1943—    ），英国生物化学家和分子生理学家。

很大的差异。理论上讲，他们不会去做这个课题。直到有一位勇敢的博士后Melanie Lee来到实验室，她同意来做这个课题。她当时说她想做一个难的课题。我说："我正好有一个课题适合你。"当然，这是在酵母和人的基因组还没有被彻底测序之前，所以你无法比对序列。你会怎么办？有两个办法。一个就是用酵母的基因组和人的DNA进行杂交。第二个办法就是表达人的cDNA，然后加入随机的表达库，再加入针对一些蛋白的抗体，蛋白是源于裂殖酵母，看是否能检测到蛋白。我们在18个月里做了这个实验。我们隔离了一些蛋白激酶。我们知道人细胞里面至少有500个蛋白激酶。其实，在当时，我们认为应该有1000~2000个。我不确定我们找到的是不是对的东西，所以我尝试了一个新的方法，如我马上要描述的。那么，这是 *cdc2* 突变体，残缺的，细胞死亡。我们把人的cDNA库表达于裂殖酵母，然后寻找能够从功能上拯救这个缺失的补充体。与其寻找结构上的相似，取而代之的是寻找功能上的一致。这是一个需求实验。如果有效果，当然，那就是一个很好的实验。当时世界上只有一个cDNA库，由保罗·贝格①所创。他给了我们，之后又和坂山一起合作。我把这个库植入裂殖酵母，惊喜的是，我们在皿上得到了生长的克隆。我当时想，天哪，这个实验是可行的。如今，我必须要告诉你们，这三个月是我人生中最难熬的三个月，因为我知道如果有细胞生长，那是因为酵母引入了人的基因在那里，这就意味着从酵母到人，细胞周期的调控是一样的，这就将是我们的一个非常前端的猜测。但是，能够得到克隆是有很多别的可能性的，也许就是从窗外吹进来的杂质。我们必须做很多对照，因此要提取载体、提取基因、对其测序，时间上讲，整个过程需要很多个月，实际上是15个月，实在是太漫长了。那段时间里，每当晚上在回家的路上，我都很沮丧。到了家，我就对自己说：我就认为它是真的，因为即使早上来到实验室，我做的实验还有可能会失败。我就想多相信一天它是真的。你可以看到科学家能够变得多疯狂。在最后的时

---

① 保罗·贝格（Paul Berg, 1926— ），美国生物化学家，斯坦福大学名誉教授。

候，我记得结果从电脑出来时，显示说基因的序列有61%和裂殖酵母的基因一致。尽管存在着10亿年以上进化分歧，蛋白仍有61%的一致，这实在是太惊人了，绝对的惊人！在我们最初的实验草案，记载着如何用人的基因拯救了裂殖酵母。通过在显微镜下操作，我们从小鼠、鸡、果蝇中提取了相似的基因，它们都极度保守。这也告诉我们，这个系统也是极度保守的。我们都得到了什么：我们得到了 *cdc2*，在酵母中，G1S至G2M的主要调节者；我们在人和其他物种，多细胞生物甚至植物中找到了同源的基因，具有同样的功能，而且高度保守。

  再讲一个实验，来看看它的多项意义，然后我们就结束。因为细胞周期中包含很多有意思的东西，不仅仅是细胞如何进入承诺阶段，也不是限速阶段，而是为什么细胞周期中只有一个S期？S期是保证基因组稳定所必需的。这也是当时感兴趣的。我想做的是看我们是否可以找到一些因素，基因或者突变体，它可以从G2开始推进一轮额外的基因组复制。我们对这类突变体进行了筛选。我们提取了一些较弱的突变体，然后发现这个基因就是 *cdc13*。*Cdc13* 是编码Cyclin的基因，是B类Cyclin，并与Cdc2组成一个复合体。当时我并不明白，于是回顾了一下，并建议Jacky把 *cdc13* 连接到一个能够诱导的启动子上看会发生什么。这是我们第一次做。我们屏蔽掉了Cyclin，然后看到了以下结果：当关闭 *cdc13* 以后，DNA出现汇合。首先是2c和4c，接着是4c、8c、16c、32c、64c和128c。这是五代。这些细胞存在着迟缓复制，因为它们重复不断地进入S期。这是用DAP1染的同样的DNA。这是野生型细胞。这是另外一种细胞。它们被促使进入重复性的复制。这是模型，我和Jacky猜测的和我们想要看到的是，细胞进入S期时Cdc2是必需的，当S期开始积累后，Cdc2必须和G2的Cyclin形成复合物，从而阻止细胞再次进入S期，然后准备让细胞进入有丝分裂。本质上，这个促使细胞进入S期，进而进入有丝分裂的功能是正规合理的，而一直（具有）这个功能，会不合理地导致细胞进入S期。这就是为什么细胞周期中只有一个S期。这些所有的东西都是紧密相连的，因为当细胞进入G2期，由于Cdk活性的存在，细胞只能进入有丝分裂，绝对进不了S期。如果你删除这个Cyclin，细胞进入G2期后，由于Cyclin被抑制，细胞又回到S期，因此被卡在复制期，从而经历反复的S期。Cdc2的第三个控制者就是这个。

这是结论。我们知道细胞周期中的Cdk主要负责调控周期中的所有自然事件。当细胞开始有一点活性时，细胞的活性让它进入S期。当细胞得到很多活性时，它一直S期，当得到更多时，细胞开始有丝分裂。为了从有丝分裂出来，细胞必须摧毁Cdk，从而重新开始。这是一个非常简单的调控。细胞周期调控是一个迷人的、明确的、基础的概念。如我写在这里的一样，细胞从这开始，进入S期，阻止S期，进入有丝分裂，摧毁所有，重新开始。这意味着，你让细胞始于这里，用中度活性阻断它，当活性升高，它就进入有丝分裂。如果你去除活性，它就会来到下面这里，如果增加活性，它就进入S期。在细胞周期期间，Cdk的活性无法控制所有。这个是我最近几年里所做的工作。我的结论是，Cdk调控细胞周期，在真核细胞也是保守的。提升活性促进S期和有丝分裂的开始，每个周期存在一次S期的抑制。真核细胞总的所有主要调控都取决于Cyclin依赖的激酶。在真核细胞的细胞周期中有很多Cyclin依赖的激酶。整个系统是高度保守的，从酵母到人。我们难道不该为此惊讶么？

最后我引用施旺[①]的一句话来结束演讲。施旺和施莱登[②]是19世纪初期德国的生物学家，他们准确地构想出了细胞学说。这（学说有）一段非常优美的引语："我们看到所有的生物体都是本质上由零件'细胞'所组成；这些细胞从本质上都是遵循一样法则而构成并生长…"这是细胞理论中的陈述。第二部分是："因此，这些过程肯定都基于同一个力量。"即使在150年以后，这也是利

---

① 西奥多·施旺（Theodor Schwann，1810—1882），德国生理学家，细胞学说的创立者之一，周围神经系统中施旺氏细胞的发现者，胃蛋白酶的发现和研究者，酵母菌有机属性的发现者。

② 马蒂亚斯·雅各布·施莱登（Matthias Jakob Schleiden，1804—1881），德国植物学家，细胞学说的创立者之一。

用分子学术语对细胞起因的一个非常准确的描述。就是因为在1830年，由于细胞分裂的保守性给施旺留下了深刻印象，才会有如此伟大的预言。

非常感谢你们的注意力。

## 现场问答

**Q**：很高兴再遇到您。继续我早上的问题。我说过，为了应对DNA损伤，Cdk被抑制。但是，我们需要Cdk的活性来修复DNA损伤。这是自相矛盾的。

另外，您刚才展示了一些关于发现 *cdc2* 的数据。当 *cdc25* 被抑制时，细胞会卡在G2。此时，我们知道 *cdc25* TS突变体没有被复制的，也就是说由于 *cdc25* 的失调，Cdk活性也是被阻断的。但是，Cdk活性需要用来阻断DNA复制。这就意味着，在这两种情况下，我们希望有部分的酪氨酸15被磷酸化。我这么认为。关于这两种情况，您有什么看法？

**A**：能让我先解释一下么？以免大家不太清楚你所说的。

几年前，我们描述了如果阻断DNA复制或者损害它，这会阻断有丝分裂。有一个激酶叫Micwan，它可以磷酸化酪氨酸15或者人细胞的酪氨酸19，从而阻止有丝分裂。这就是它怎么起效的。我做两个评论。首先，Cdc25阻止G2'M，因此不会复制。原因是没有足够的Cdc2激酶活性能够阻止S期，也进入不了有丝分裂。我们也曾猜测过，我们知道大量的激酶活性能够阻止S期，从而进入有丝分裂。我认为这就是一个解释。第二，你没有说，但是涉及了，就是如果我们可以把酪氨酸15突变成丙氨酸，因此无法被磷酸化，DNA损伤或者复制压力对正常的细胞生长不是绝对重要的。只有在大量的突变物质存在的情况下或者阻断DNA复制的时候才会比较重要。但是对于正常生长，是不需要的。这是一种可能，我们经常低估那些控制在正常生长细胞中的意义。这是第二个评论。

**Q**：非常好的演讲。我的第一个问题是，我们知道细胞源自细胞，所以最好的方法去检测细胞是从单个细胞水平。XieSangli在北京大学研发了一种技术。我的问题是，您对这个技术有什么看法？XieSangli会在将来拿到诺贝尔奖吗？

Ⓐ：我不知道能不能诺贝尔奖，我说过这需要很多运气，但是我猜你的问题是关于单个细胞检测的重要性。对么？我同意你的说法。其实我们需要了解更多的细胞行为。我做所有实验都是基于物种简单的培养基等。在我的实验，我们在研发单个细胞的检测。我们应用非常敏感的FACS技术，叫FACS stream，你可能知道，它是利用显微镜主观地扫描细胞。我们正在设计一个单一细胞的检测，它允许我们通过细胞周期来研究事物的变化，因为裂殖酵母随着周期而长长。因此，我们可以控制所有的细胞，在周期的任何环节，我们可以通过彩色蛋白检测来观察蛋白质水平或其他事物。我有一个研究生在做这个。识别哪里是GIS和G2M期，然后我们可以观察异质性变异，你可能会问我这些步骤。这个项目，我目前让我的研究生在做。这是一个很好的问题。也许两年之内我都不能回答。第二个问题？

Ⓠ：接下来的问题是，XieSangli在未来能否获得诺贝尔奖？这个奖是将属于哈佛大学，还是北京大学，还是只是属于他？

Ⓐ：你知道，诺贝尔奖往往不知从何而来。等他到了哈佛，这一切都已经都有了。到了那时，哈佛对它很感兴趣时，它已经超过了顶部。令人惊讶的是，伟大的发现都有起源，有时出自于伟大的宣判。这样的人容易被伟大的宣判书吸引。实际上，他们在达到那里之前他们会做好他们的工作。有相当数量的例子。所以如果你对未来感兴趣，首先找一所小的大学。

Ⓠ：很高兴再次见到您。我的第一个问题是，我读了几篇您最近发表的论文，是关于尺寸控制的。您是如何看待尺寸控制与细胞周期的协调性的？

Ⓐ：我可以先解释一下这个么？这对我来说是一个非常有趣的问题。每当我看到这些 *wee* 的突变体时，在1974年，这是40年前，每当我看到它们，我

就想到了这个问题。我认为，在三年或四年前，我们在《自然》杂志上发表了一篇论文。我认为我们有了一个模型。该模型是一个调节Cdk蛋白作为抑制者位于细胞的一端。当细胞变大，这个抑制者就会移动到细胞中间，从而定位在Cdk上。当细胞达到一定的大小，它可以激活有丝分裂。我认为是第一个合理的模型。不幸的是，我的实验室也在去年发表了一篇文章认为那不可能，不是对的。我们知道这是一个很重要的分子，但我们已经看到那些细胞仍然有着良好的细胞尺寸和稳定性，所以我们的模型是错误的。这意味着我们需要卷土重来，寻找新基因，然后做新的模型，但是我们还没有得到它，不知道它是如何工作的。我有一种感觉，我会在我知道之前先死去，因为我已经想了40年了，但是我们依然还不知道。也许我可以找到它，也许不能。下一个问题。

**Q**：我也做了一些关于裂殖酵母的实验。目前，我的结果和您30年前的结果是一样的，它们往往能长到一定长度后，然后开始分裂。我的理论是，如果有一个抑制剂能够感知细胞的长度，当它生长到一定长度，然后细胞就可以分裂，然后细胞可以有相同数量的抑制剂，就像起初那样。但我还没有证实自己。

**A**：我很同情你的沮丧，因为外面有很多的模型。我告诉过你我思考了很多年。但是，我们不知道它是如何工作的，可能是通过稀释抑制剂，可能是通过积累活化剂。三四年前，我有一个几何模型，但我们还没有解析它。

**Q**：我知道您在做高通量筛选和检测。

**A**：我已经完成了高通量筛选。我想我向观众提到过我们把裂殖酵母中的每一个基因都删除了。所以我们可以做所有基因缺失的筛选。我们已经确定了18个基因可能影响细胞大小。我们以前只知道8，所以我们又增加了11个基因。但我不知道所有的网是如何交错在一起的，以及它们有多重要。在过去一两年里，我们一直在寻找我们认为最重要的基因。但是，最终发现它并不是重要的。事实上，对于这个过程，我们也在挣扎。

**Q**：会有很多多余的东西。

**A**：也许是有多余的。通常都是如此。我们没有把基因放在一起过，所以我有另一个研究生正在做这个。她用一些不同的基因，把它们放在一起，看异质性，但是还没有进展。这是一个缓慢的工作，你知道。

**Q**：先生，您认为控制细胞生长的整体调节能力会像 *cdc2* 控制DNA复制与更替一样增强么？

**A**：这是另外一个……天哪，突然觉得最近几年我都失败了。这个问题是围绕着，至少我认为是，什么控制细胞的整体增长速度，整体控制。虽然，我们有很多人多年来研究翻译是如何被控制的，转录是如何被控制的，我们仍然不知道什么调控着细胞整体翻译和转录的速度。为什么细胞，像裂殖酵母，有双倍的时间，如两个半小时，而芽殖酵母只有一个半小时？这些都是很简单的问题，但很难回答。什么限制增长？这是一个问题。我曾试图检测它，我们在转录控制过程中取得了一些进展。我认为有一个主要的限速步骤，这可能只是轮廓的初筛。但这些都是一类问题，它们被当今世界的大多数人所忽略。因为我们都专注于非常非常尖端的问题，如什么控制特定基因的转录。成千上万的人在这个领域中工作，但是没有人研究什么控制着细胞的整体转录。这是为什么？你知道这是显而易见的问题。这个告诉你们，我们倾向于运行某些具体的问题。我不知道该如何回答这个问题。但我认为这是一个重要的问题。

**Q**：细胞静止在细胞周期发生过程中或者调解过程中有什么作用？

**A**：这个问题是关于细胞静止的。关于细胞静止我想说的是，我认为关于细胞静止，有很多混乱的地方。比如说哺乳类细胞，即使它有代谢活性，它也会进入静止状态。如果涉及蛋白合成，可能有30%~40%的分裂细胞，它们可能出去静止前的状态，但是有很强的代谢活性。我们用酵母研究静止，那是完全不一样的情况。因为当你为了阻止分裂，剥夺所有养分，如没有碳分子，蛋白合成降低到低于1%。细胞彻底进入冷冻状态。如果你想对哺乳类细胞做同样的事情，它会立刻死去。我不认为酵母是研究细胞静止的好的模型。我认识很多做这方面研究的人，但是我不认为是好的模型。我认为需要一个动态对上静态。

**Q**：非常好的演讲。谢谢您。我有很多年的用酵母工作的经验，而不是细胞。我想听您说说，无论是科学术语还是分子学术语，您如何区分原核细胞和真核细胞在调节分裂时的策略？

**A**：我感激你能问这个问题，其实我应该提到的。当我说到保守性时，当然指的是真核细胞，而不是原核细胞。原核细胞没有同样的Cdk，它们也不是用同样的方法调节，逻辑是不一样的。我记得我解释过裂殖酵母中的复制。你可能了解所有的突变体和DNA。比如说病毒，它也是过度复制的。读着文献，你可能会想在裂殖酵母上用这个方法。思考的逻辑是类似的。你需要知道什么开始细胞周期，什么是限速步骤，如何调节S期和核的分离。参与的分子可能差别很大。我的结论是，当真核细胞被创造时，一个新的调控机制也随之诞生了，其中涉及Cdk。我有一种感觉，可能会跟染色体有关，这是我的看法。我认为这会很有意思。原核细胞拥有所有类似的控制，但是作用的方法不一样。

# Invention of Blue LEDs and Future Prospects
## 蓝光发光管的发明及其发展前景

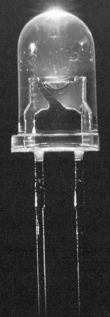

演讲人：
**天野浩（Hiroshi Amano）**
2014年诺贝尔物理学奖获得者

天野浩教授1960年9月出生于日本滨松，其后分别于1983、1985和1989年在名古屋大学获得本科、硕士和博士学位。1992年任日本名城大学助理教授、1998年晋升为副教授，2002年任教授；2010年受邀任名古屋大学教授。自1982年作为一名本科学生加入赤崎勇教授研究室起，他一直致力于Ⅲ族氮化物半导体材料生长和器件制作研究。1985年，他提出利用低温缓冲层方法实现了氮化物材料在蓝宝石衬底上的异质外延，1989年首次实现了p型氮化镓并制作出首个GaN基pn结，为蓝光LED的实用化奠定了基础。

## 2015.8.31 (周一) 14:00-16:00
北京大学英杰交流中心阳光大厅

主办单位：北京大学　　承办单位：北京大学国际合作部　北京大学物理学院

## 专家导读

撰文：北京大学物理学院张国义教授

瑞典皇家科学院2014年10月7日宣布2014年诺贝尔物理学奖授予了日本的赤崎勇（Isamu Akasaki）、天野浩（Hiroshi Amano）和美籍日裔的中村修二（Shuji Nakamura），以表彰他们发明蓝色发光二极管（light emitting diodes，LED）。一石激起千层浪，这引起了国际社会极大关注，特别是在发展中的中国半导体照明行业内引起了极大的反响。由于半导体照明在中国的广泛推广和应用，2014年的诺贝尔物理学奖更加为大众所理解，也必将是历届诺贝尔物理学奖知名度最高、最受关注的一届了。

众所周知，诺贝尔物理学奖有两个重要意义：一是肯定这项科学或技术成果，它一定是对于物理学的进展和人类社会进步产生重大影响的；二是肯定对于这项发明作出杰出贡献的人，大多是科学家个人，有时也是团队、合作伙伴等对于发明作出重要贡献者。

GaN基蓝光LED是半导体照明（solid state lighting，SSL）的基础元器件，是过去半个多世纪人们梦寐以求而不可得到的。早在1938年，人们就发现GaN的禁带宽度在3.62 eV，直接带隙，是做LED的好材料。但是，半个多世纪以来，人们一直无法得到高质量的GaN单晶材料，甚至连表面平坦光亮的GaN外延薄膜材料也难于得到。近半个世纪过去了，直到1983年，日本名古屋大学的赤崎勇教授和他的博士研究生天野浩采用MOCVD技术，首次提出了两步生长法，即在较低的温度下（500~600℃附近）生长一层薄的AlN（厚度约为20~30纳米），然后将生长温度提高到1000℃以上，高温生长GaN，得到了表面光亮的GaN外延层。直到现在，这种两步生长法仍然是GaN外延生长的通用手段，成为GaN材料走向应用关键的第一步。众所周知，pn结是半导体器件的灵魂，p型GaN材料的获得是GaN基LED的另一个难题。通常情况下，将Mg元素作为GaN材料的p型掺杂剂，经过p型掺杂的GaN材料表现出高阻的特性。当时一般认为主要原因是GaN的n型背景载流子浓度太高，p型掺杂的空穴浓度补偿不了高的电子浓度所致。但是，1988年赤崎勇和天野浩在随后的研究工作中偶然发现，经过多次扫描电镜观察的p型掺杂的GaN材料竟然表现出p型GaN的特性。于是他们进一步采用低能电子辐照的方法得到了p型GaN，这是人类历史上首次得到p型GaN材料，成为GaN材料走向应用的关键的第二步。1989年赤崎勇和天野浩等人第一次报道了GaN pn同质结LED。这也是赤崎勇和天野浩两位诺贝尔奖获得者的重要贡献。然而，这种采用低能电子辐照的方法获得的p型GAN中的空穴浓度，会随着电子辐照的剂量而变化，在垂直表面的深度上，p型载流子浓度也是渐变的，随着电子辐照的深度的增加而减少。显然这样的技术，在LED的生产制备中，存在严重问题。

就在赤崎勇和天野浩在认真探索低能电子辐照的同时，在日本德岛日亚化学工业公司独立开展GaN基LED研究的中村修二，对于赤崎勇和天野浩的方法进行了认真的思考，并提出了自己的独到看法。首先，中村在GaN的MOCVD生长中，将两步生长法中的AlN过渡层改为GaN过渡层，使其更适合于MOCVD的批量生长。同时他认为低能电子辐照使得Mg掺杂的GaN变成p型的原因是热效应，因此提出高温退火的方法，在750℃的氮气氛下对Mg掺杂的GaN材料进行热退火处理，同样使得Mg掺杂的高阻GaN变成了p型GaN，并于1992年成功研制出了蓝光LED。进一步研究发现，氢离子（$H^+$）在Mg掺杂GaN的导电类型上起到了关键性的作用。Mg掺杂GaN之所以是高阻，主要原因是在MOCVD生长过程里，氢离子进入GaN中，并占据了空穴位置。在高温无氢条件下进行退火，氢离子释放出来，可以将高阻的Mg掺杂GaN变成p型GaN。空穴浓度和Mg掺杂浓度的比例一般在百分之几。氢离子在GaN中的作用应当是可逆的，那么对于p型GaN在氢气氛下进行高温退火，氢离子重新进入GaN，p型GaN应当能够转换成高阻，实验结果证明了这一点。中村修二的这一发现，将GaN基LED的制备技术推向了实用化。随后GaN-/InGaN多量子阱蓝光LED被很快研制出，并实现了批量生产，进而带动了GaN基蓝光LED的飞速发展。在此基础上采用AlGaInN

制作的LED光谱覆盖了从近紫外（380纳米）、蓝光（450~480纳米）到绿光（530~550纳米）的范围。1997年中村修二等人发明了用蓝光管芯加黄光荧光粉封装成白光LED的方法，从而开启了LED迈入白光照明领域的序幕，引起了照明领域的一场革命——半导体照明。正如诺贝尔奖评选委员会的颁奖词中所说，虽然这项发明仅有"20岁"，但它已经使人类获益匪浅。如果说白炽灯照亮了整个20世纪，那么21世纪将是LED灯的时代。

瑞典皇家科学院的新闻公报说，三位获奖科学家发明的蓝色LED比传统的光源更加明亮、高效和环保。通过LED，白色光可以以一种新的方式产生出来。全球1/4的电能用于照明，LED灯泡的发明将大大减低能耗。同时，由于LED灯也可以通过太阳能发光，它可以造福全球远离电源的15亿人。一种新的更持久、更高效的照明取代了旧的光源。诺尔马克说，授奖给这三位科学家符合当年阿尔弗雷德·诺贝尔设奖的初衷，即通过发明创造造福人类。

LED在半导体照明广泛应用的今天几乎尽人皆知。为什么诺贝尔奖没有授予LED的最早发明者（1962年），也没有授予GaN基的MIS结构的蓝光LED的发明者（1980年）。从诺贝尔的颁奖词中可以看出，2014年的物理学诺贝尔奖是表彰蓝光LED的发明，重点在于LED照明，而LED照明的核心技术是发光效率高的多量子阱蓝光LED。显然，没有赤崎勇和天野浩将AlN作为过渡层的两步生长法和p型GaN的发明，就很难有中村修二的GaN做过渡层的两步生长法和氮气氛下高温退火的p型GaN的发明。没有中村修二的发明，就很难有蓝光LED通过荧光粉下转换实现的白光LED的照明技术。没有今天的LED照明的广泛推广和应用，就没有今天的诺贝尔物理学奖。据美国2013年统计，中国的LED芯片生产占全球总量的25%，居世界第一位。从这个意义上说，中国是今年诺贝尔物理学奖的重要推手。三位发明人也对中国LED照明的发展极为关注，直接或间接作出很大贡献。

名古屋大学的天野浩教授多次来中国讲学与参加在中国举办的国际会议，如2008年北京大学宽禁带半导体研究中心在大连举办的宽禁带半导体物理与器件暑期学校上应邀前来讲学，2010年在北京大学博雅国际会议中心举办的ISSLED国际会议上做演讲等等。中村修二教授也很支持中国半导体照明产业的发展。他先后担任了第6和第8届"中国国际半导体照明论坛"主持人，在第7和第10届大会上发表了演讲，担任了第7、第9和第10届大会主席团成员。他本人和其团队还为中国半导体照明产业界、政府界和研发界等各领域专家提供了培训。他获得物理学的全球最高荣誉，不仅仅是对他个人成就的认可，同时也是全世界对他作出了杰出贡献的半导体照明产业给几十亿人带来的巨大福祉的认可。

# 蓝光发光管的发明及其发展前景

各位老师，同学，下午好！今天我很荣幸能够受邀来到北京大学和大家交流讨论。在这里我要感谢北京大学给了我这个机会。在我开始之前，我想最好还是介绍一下名古屋的地理位置。名古屋其实就在东京和大阪之间，距离京都只有30分钟车程，距离大阪40分钟，距离东京也不过一个半小时的车程而已，绝对是个交通便利的城市。名古屋大学和北京大学一样，也是一所综合性大学，但是它因诞生了很多像TOYOTA这样的国际大公司而出名。

今天的演讲中，我会向大家介绍我在名古屋大学的实验室。我们的实验室致力于解决全球性的问题，从而为人类的科技发展作出贡献。我们实验室的每一位成员都以此为己任，全身心地投入到我们的工作中。之后我会向大家展示我们组的学生，特别是中国留学生丰富多彩的日常研究工作。接下来，我就先简要介绍一下蓝光LED的发展历程，同时也向大家展示这中间许多人为此付出的辛劳和汗水，这确实是个很长的故事。

GaN这种材料于1932年首次人工合成，葛里米斯[①]教授首先发现了他的潜力。他于1959年首次报道了GaN晶体的优良发光特性，并预言这种材料在未来很可能被用于制作发光二极管（LED）。第二年，也就是1960年，他还为此获得了一项专利。当时他和我的年龄一样，不过这已经是55年前的事情了。紧接着一位美国的物理学家潘柯夫[②]于1971年成功制作了第一个基于GaN的蓝光LED器件。但遗憾的是，这款LED并不是pn结型的器件，而是MIS（金属-绝缘体-半导体）型结构，当然效率也很差，这毕竟是44年前的工作。此后，很多公司和机构纷纷投入人力、物力，试图对这款LED进行商业化。在20世纪70年代，很多公司都参与了这个项目的竞争，比如美国的RCA、日本的冲电气（Oki Electric）和日立公司以及欧洲的菲利普公司等。但不幸的是，上述所有商业化的努力最终全都石沉大海。可以说70年代是GaN基蓝光LED的蛰伏期。

好，那我为大家解释一下制作GaN基蓝光LED为什么如此之难。其中最主要的一个困难就在于高质量GaN晶体的生长。如果是将Ga原子和N原子直接合成GaN，我们需要极端高温高压的环境，这在现实中是很难办到的，因此不得不采用化学方法。同时，对于GaN的外延生长，我们也需要选择合适的衬底。对于已有的几种材料来说，GaAs和GaP的热稳定性较差，无法使用。SiC的热稳定性很好，但是成本太高，不利于商业化。Si的表面不稳定，ZnO的热稳定性也不好。综上所述，蓝宝石（sapphire）是唯一可用的衬底，但其问题在于衬底与外延层之间有着高达16%的晶格失配，这极大地影响了外延层的质量。一般而言，合适的衬底与外延层之间的晶格失配应该在1%左右，所以GaN与蓝宝石之间16%的晶格失配在当时简直是灾难性的。在20世纪70年代，我的导师赤崎勇所在的松下电器下属的研究机构曾致力于Pankove型LED的研发，他们用HVPE（氢化物气相外延）生长了很多晶体质量比较好的GaN。但遗憾的

---

[①] 赫尔曼·葛里米斯（Hermann Grimmeiss）著名物理学家，瑞典隆德大学教授，历史上第一次研究了GaN的发光特性。

[②] 雅克·潘柯夫（Jacques Pankove）美国物理学家，历史上第一个制作了MIS结构的蓝光LED。

是，松下电器后来决定退出LED的市场，研发工作也随之停滞。所以赤崎勇教授不得不在1981年从工业界转到名古屋大学，而一年之后，也就是1982年，我刚好加入了他的研究组。

当接触到GaN基蓝光LED这个题目时，我十分兴奋。原因在于，20世纪80年代时，显示器都是电子管做的，大家可能见过那种玩意儿，非常大，搬运很不方便，于是我就想，如果我做成了蓝光LED，就相当于改变了世界啊。当然，当时的我很年轻，对这个领域的困难也没什么了解。当我的导师赤崎勇教授从松下转到名古屋大学后，他决定把研究手段从HVPE换成MOVPE。在70年代，HVPE可谓家喻户晓，但是其对衬底温度和Ga的氢化物的裂解温度的控制比较复杂，难以找到最优化的条件，所以赤崎勇教授选择了刚刚在1961年问世的MOVPE。在当时，也就是1982年，我刚刚进入研究生阶段便开始学习MOVPE，但很快我们就面临经费短缺的问题。当时我们的研究经费每年只有13000美元，而如果要买一套MOVPE系统，我们至少需要100万美元，我们的这点儿经费实在是杯水车薪。于是，我们这些学生就开始自己动手搭建MOVPE系统。我们的装置很简陋，甚至还使用啤酒瓶制作射频加热线圈，控制系统也是自行搭建的，物并不美，但价却很廉，当然这都拜我们当时经费不足所赐。于是，这样一台原始的MOVPE系统就搭建成功了。

天野浩教授自己搭建的第一台MOVPE系统

之后我们就开始用这台MOVPE生长GaN。我们当时都是新手，不懂MOVPE的使用，于是我走访了很多日本的研究组，最终在东京大学的一个组里找到了这种设备，他们用MOVPE生长AlN。在那里，我发现他们的系统使用非常高的气流量。当时我以为对于晶体生长来说，气流量应该控制得尽可能小，于是我认识到我犯了一个错误。在返回名古屋以后，我就重新改进了一下我们的MOVPE系统。改进过程并不难，因为整套系统都是我们自己搭的，然后再自己修改，这还不容易吗？然后我们就开工了，用这台仪器生长GaN，但是质量还是不行。我试验了超过1500次，从正式的研究生入学之前就开始，一直到硕士二年级，我基本都在干这个事情。但是GaN和蓝宝石衬底之间高达16%的晶格失配实在是太难克服了，所以做了三年，基本没什么进展。

一直到1985年，也就是硕士研究生的第二年，我发现了一篇来自松下电器研究组的文献报道，他们也用MOVPE来制作MIS结构的LED。但是我看到他们文章中的照片时，发现这和我之前看到的松下电器使用HVPE生长的GaN晶体很不一样。HVPE生长的GaN，它们的表面都很平整美观，而这些照片中的晶体，说实话，当时我觉得它们都不能算是真正的GaN晶体，所以我下决心必须搞出真正的GaN。于是，在硕士学业完成后，我决定改变其生长方法，在GaN与蓝宝石衬底之间插入另一种材料作为缓冲层，而这种材料我选的是AlN。因为在蓝宝石衬底上生长的AlN，它的表面形貌比我直接在蓝宝石衬底上生长的GaN要好。所以我想通过插入AlN缓冲层的办法来改善GaN的表面形貌。但我们的射频加热装置比较差，1000摄氏度以上基本达不到，而想要生长高质量AlN，生长温度要在1200摄氏度左右。当时我想到了实验室里的一次讨论，一位年轻的教授告诉我，在Si上生长BP，它们彼此间的晶格失配也有将近16%，可以通过插入P原子团的方法来改善BP的表面形貌。所以我猜想，如果我在低温下引入AlN作为生长GaN的成核位点，或许也能达到同样的效果。在1985年的二月，我用此方法成功得到了表面原子级平整的GaN，这令我十分兴奋。之后我把样品拿给我的导师赤崎勇教授，我想他应该倍感欣慰才对。但他当时没什么太大的反应，而是让我去继续表征样品的其他性质。仅凭好的GaN表面形貌还不够制作蓝光LED，这还只是漫漫征途的一小步。我听了赤崎勇教授的建议，于是开始学习如何表征我的GaN。但我对晶体的表征完全是个门外汉，因为从本科到硕士阶段，我一直都在关注GaN的生长，而对表征方面基本一无所知。于是我去大阪府立大学的Itoh教授那里学习利用X射线摇摆曲线测量晶体性质，同时我还自行搭建了光致发光（PL）系统和范德堡结构霍尔效应测试系统。总体而言，当时我们生长的GaN晶体质量比之前所有资料中报道的都要好很多。之后，我把成果写成文章投给了《应用物理快报》（*Applied Physics Letters*），并于1986年正式发表，这已经是一年以后的事了。

而我的下一个目标也呼之欲出，那就是GaN的p型掺杂，这在之前从未被实现。但是我对自己生长的GaN样品还是很有信心的，这使我更有勇气去挑战这个棘手的题目。在博士研究生的前三年我一直在尝试利用金属Zn的掺杂来制备p型GaN，我试验了不下3000次，但这些努力全部石沉大海，得到的GaN样品没有一片成功实现p型掺杂，恰恰相反，大部分结果仍然显示n型。但我发现了一个有趣的现象，在低温下的PL谱中，我观察到了非常锐利的发光峰，于是我决定总结一下这些现象，看看有没有什么值得研究的地方。当时做低温测量需要的液氦太贵了（之前也提到了，我们组里经费短缺），但幸运的是我们有合作者，于是我就骑着自己的小摩托去他们那里做低温PL测试，每次往返都要花上两个小时，回来时都已经是深夜了。我每周要去三次，坚持了一年，最后我把实验数据整理成了一张图，是的，就这一张图用了我一年的时间。从这张图上我们可以发现PL谱峰随着对GaN施加应力的大小会有一个位移，实际上就是GaN的形变势。现在这个现象已经广为人知了，但是这在当时绝对是GaN体系中非常新奇的现象，于是我就在1987年的日本应用物理年会上报告了这个结果。今天我们这里高朋满座，可当年在我做报告时，整个房间才4个人，这当中还包括我和我的导师赤崎勇教授。讲句玩笑话，只有1%的人对我的报告感兴趣。好吧，无论如何我的文章最终还是被接受并发表了。于是，这成了我博士阶段的第二篇论文，也是我学术生涯的第二篇文章。

在当时的制度下，要想拿到博士学位，至少要发表三篇文章，这才只有两篇，还是不够啊。不过幸运的是，我还发现了另一个有趣的现象。1987年我去日本电报电话公司（NTT）实习期间，发现Zn掺杂的GaN在电子束照射下会出现PL谱峰的增强效应。不过很遗憾，即使用电子束曝光过的样品仍然呈现高阻特性。但我还是很高兴，因为这个有趣的现象，至少我的第三篇文章有着落了。但是当我返回名古屋大学的实验室时，我发现了一篇莫斯科大学的研究组早在五年前就已经发表的文章，是的，就是我的这个现象，他们五年前，也就是1983年就已经发现了。当时我十分沮丧，放弃了三年之内拿到博士学位的想法，继续投入到我的研究工作中。之后，我有幸读到了J. C. Phillips教授写的 *Bonds and Bands in Semiconductors* 一书，发现里面有一个章节十分吸引我。书中讲到，考虑到活化能的问题，Mg比Zn更适合做GaP的p型掺杂。于是我发现，这三年来我一直都犯了个致命的错误，既然GaN与GaP同为Ⅲ-Ⅴ族材料，我应该像GaP一样用Mg而不是Zn来做p型掺杂，于是我开始改用Mg做GaN的p型掺杂。这时候，我又遇到经费不足的问题。一个Mg的生长源要5000美元，真是太贵了，于是我只好拜托赤崎勇教授买了一些Mg源，之后才开始做实验。但是说到Mg掺杂的GaN，我们真不是世界第一家。斯坦福大学的Maruska博士早在1973年就成功制备了MIS结构的GaN掺Mg的LED。但令人遗憾的是，他的掺Mg的GaN呈高阻特性，且不是p型掺杂。我们的样品一开始也有这个问题，但经过了电子束曝光后，最终我们在世界范围内首次实现了p型GaN的掺杂，并成功制备了pn结型的LED。

同样，我在名古屋大学的实验室也没有电子束曝光系统，于是我只好再次骑着自己的小摩托去我做PL测试的地方用他们的LEEBI（low energy electron

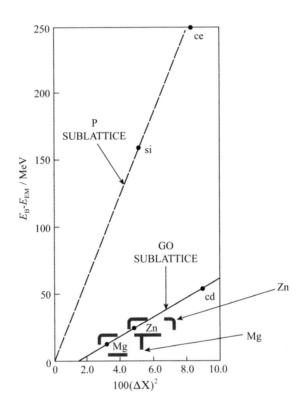

beam irradiation）系统做实验，每天花上7、8个小时，只能测试一片样品，然后深夜再回到名古屋大学的实验室接着做霍尔效应的测量。至于p型掺杂的机制，在1992年，Nakamura（中村修二）教授和Vechten教授相继从实验和理论上解释了p型掺杂的成因——氢钝化机制（hydrogen passivation）。MOVPE生长过程中残留的氢原子会使掺杂的Mg原子钝化，再经过电子束曝光或者热退火，就形成了p型GaN。现在高质量的GaN有了，p型掺杂也成功了，下一个目标就是制作蓝光LED的器件。GaN的带隙对应的发光波段在紫外波段，那么为了实现蓝光发射，我们就需要减小体系的禁带宽度。这里我们使用InGaN三元合金，即通过In组分来调控带隙。尽管早在1984年我们就已经开始了相关的研究，但当时生长出的InGaN三元合金中的In组分最高只有1.7%，实在是微不足

道，原因是我们用氢气作为MOVPE的载气。两年之后，来自NTT的Matsuoka教授成功生长了高In组分的InGaN，他们成功之处在于在生长过程中使用氮气作为载气。这么看来，唯一的不同之处就是载气的选取了，他们用氮气，而我们用氢气。但比较遗憾的是，他们没有像我一样使用AlN低温缓冲层，因此生长的InGaN晶体质量不满足器件制造要求。之后，中村修二教授的研究组以此为跳板，于1992年第一次实现了室温下的高亮度LED照明。紧接着在1993年，他们又成功研制出了世界上第一款商业化的InGaN基LED。而两年之后，我发现在LED结构中引入厚度在1.2至2.5纳米的InGaN原子层可以极大地提高发光效率。这其中涉及了量子斯塔克效应，即半导体中空穴和电子在空间上的分离。而使用非常窄的InGaN原子层，即量子阱结构，我们可以让此二者在空间上的分布发生更多的交叠。之后的1995年，中村修二教授的研究组又成功地将这种单量子阱型的LED商业化，这就是现行的蓝光LED的原型。

接下来我想讲讲蓝光LED对我们大家日常生活的影响。很多人都抱怨这种现象（边走路边玩手机，情侣约会低头玩手机），可能你们不会那么夸张，但确实有不少人对智能手机上瘾。好吧，我还是要提醒大家，不要一边玩手机一边吃饭，更不要一边玩手机一边开车（笑声）。当还是个学生时，我仅仅以为LED可以用在显示单元和手机上。但在1996年，日亚化学的一位工程师利用蓝光LED和其他材料进行调制，成功制备了白光LED。现今的工业体系中，白光LED只需要蓝光LED和另外几种材料搭配，比如与黄磷搭配，就可以制成白光LED。这项成果极大地扩展了蓝光LED的用途，现在它已经被广泛地应用于照明领域。

使用LED灯进行照明是非常节能的，接下来我就讲讲其中的原因。下面这张图向我们展示了日本总体的发电量和二氧化碳的排放量。

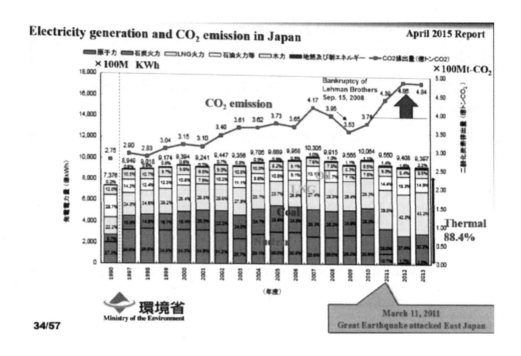

在2011年以前，30%的电力由核电站产生，但时至今日，它们基本全停工了。从这张图我们可以看出，日本的二氧化碳排放量总体呈逐年上升趋势，可到了2009年却有一个明显的下降，大家有谁知道原因吗？好吧，原因很简单，2008年雷曼兄弟破产了，所以2009年日本的碳排放量发生了骤降，因为日本的经济发生了很大程度的下滑。但在2011年以后，二氧化碳排放量又开始大幅增加，因为日本热电站的比例有所增加，于是政府和电力公司又开始重启核电站设施。比如仙台市的一号反应堆于8月11日重新投入运营，现在是百分百满负荷运行。有了这些核电站的重新加入，日本的碳排放量有望开始下降。但问题也随之而来，其中尤为突出的就是成本和安全问题。电力公司预测，未来需要投入到安全系统的资金在2.2~3万亿日元之间，即使核电站连续运行40年，也难以筹集到这么多资金。这个问题就比较麻烦了，目前还没有百分百有效的解决方案。所以我们目前能做的就是减少电力消耗，提高用电效率，这正是LED

照明的用武之地。美国能源部就曾做出预测,截至2030年,大约有75%的公共照明设施会被LED取代,因此可以减少近7%的能源消耗量。但是在日本,LED照明的发展和普及进程更快。截至2020年就会有超过75%的照明系统被LED取代,取得的经济效益相当于每年一万亿日元。而更重要的是,我们可以为偏远和欠发达地区的人们,尤其是那里的儿童提供简单而明亮的照明装置。以上就是蓝光LED的发展简史。是的,我承认,这确实是一个很长的故事。好了,接下来我将重点介绍一下我们组里的研究工作,尤其是几位中国留学生的研究成果。

去年从我们实验室毕业的一个中国学生的工作主要是利用一些特殊结构来增加LED的发光效率。他的样品截面内还有很多孔洞,表面还有一些倒锥形缺口。他还运用了时域有限差分法来模拟他的样品结构对LED发光效率的影响。不过遗憾的是,他的LED结构太过复杂,变量较多,最终的结果只是发光强度有所增强。他拿到博士学位以后,已经回到中国的科研机构任职。我们实验室还有另一个去年毕业的女博士,她致力于研究生长动力学机制,尤其对GaN上生长InGaN合金的过程感兴趣,并擅长使用X射线衍射对晶体结构和晶体质量进行表征。她还发展了一套基于X射线的原位生长监测系统,在生长过程中对生长情况进行实时监测。这套系统的意义就在于它可以帮助我们在材料生长的过程中减少或者修复产生的缺陷,从而提高晶体质量。在此之前相关的报道有很多,比如CTR方法(crystal truncation rod),倒空间成像法(reciprocal space mapping)等等,但她就是想自己动手搭建这套X射线原位监测系统。在生长过程中,角度会发生变化,因此这还不能算是真正的实时监测系统,于是她又发展了固定角度的原位监测系统来测量电子束与样品晶格间的散射以及散射后电子束彼此间的干涉行为,从而能够精确测定缺陷和位错的形成过程。她发现在位错形成之前,样品表面要先经历一个粗糙化的阶段,如图所示,在位错产生之前表面就已经开始变得粗糙。如果我们做一个横向比较的话,体态

GaN的晶体质量要高于生长在蓝宝石衬底上的GaN薄膜。之后她又自行搭建了一台X射线CTR原位监测系统,通过这套系统,她可以把InGaN阱与GaN垒之间的界面调控得十分平整。我们组还有一个来自中国的学生,哈哈,其实我们实验室还是非常国际化的,中、日、韩、美四国的学生都有,算得上是五湖四海了。最后,请允许我做一个广告,欢迎大家来名古屋大学加入我们的实验室。谢谢大家。

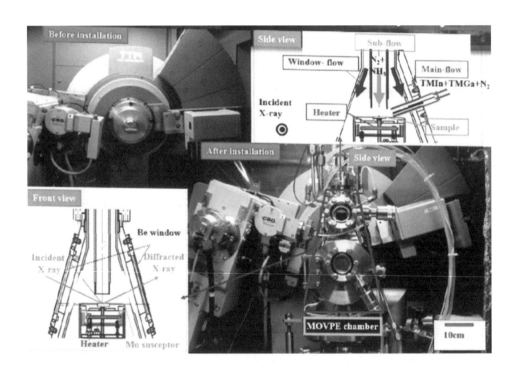

## 现场问答

**Q**：天野浩教授，我想先提一个问题。当初您设计缓冲层时，为什么要选择AlN作为低温缓冲层呢？

**A**：原因之一是我对比AlN和GaN这两种材料，发现使用AlN的表面形貌要更好一些。再者之前已经有人做过类似的工作，在Si上生长GaAs，使用的低温缓冲层也是GaAs，我当时觉得我应该做的与众不同一些，于是我没有选择和目标材料相同的GaN来做缓冲层，而是选择了AlN。

**Q**：感谢天野浩教授的精彩演讲。我注意到在您的演讲中，您提到30年前，当您还是个学生时，由于经费短缺，您不得不自行搭建仪器。但我想现在您肯定没有这个问题了，您现在应该很有钱（笑声）。但您仍然要求您的学生自己搭建实验设备，所以您能谈谈自己动手搭建实验仪器的重要性吗？

**A**：好的，我现在仍然认为我当初自己搭建仪器，以及我现在让我的学生也自己动手搭设备是非常重要的。首先我们并没有那么有钱，好吧，我们可以买一些仪器设备，然后通过第一次维修，搞清楚整个系统的构造，然后可以进行一些自己的改动，比如改动一下反应器什么的。而且我们有时候也会设计一些特殊的反应器并交给我们合作的制造商来生产，以便满足我们的特殊需求，这就是我们自己设计的原始系统。因此我觉得自己设计并搭建系统对控制材料的生长过程是十分重要的。感谢您的提问。

**Q**：尊敬的天野浩教授，感谢您的精彩演讲。我想提一个问题，请问您对未来十年中氮化物的研究方向有什么看法呢？哪些是我们能够做的方向呢？

**A**：嗯，氮化物研究的前景嘛。好的，现在我们正在研究几种基于氮化物的器件，比如大功率器件。我想如果能够用氮化物器件替代传统的大功率器件，我们至少可以减少9%的电力消耗。同时，我们也在研制可以在毫米波量级以上工作的高频晶体管，我认为GaN是除了碳纳米管之外唯一能用于毫米波以上高频器件的材料。我还知道的是氮化物被用于太阳能电池的研究，虽然短期内难以实现，但从理论上来讲，这种太阳能电池的效率几乎是最高的，在阳光照射下的工作效率甚至可以达到40%以上。还有人在研究深紫外波段的LED，可用于水的净化。现在已经成功研制了大功率深紫外LED，但其效率还有待提升。所以，我们还有很多事情可做。

**Q**：谢谢您的回答，请问您对GaN的单晶制备怎么看呢？

**A**：就GaN单晶来说，举个例子，单晶SiC的质量要比GaN好一些，这是因为选用的衬底质量有所差异。我们现在只能用一些特殊方法合成非常小的GaN完美晶体，比如纳流法。但这远远不够，对于实际应用而言，我们至少需要6英寸的高质量GaN单晶。所以大片GaN单晶的商业化将是未来的一个重要方向。

# The Invention of Blue LED, Laser and Solid State Light

## 蓝光发光管、激光器及半导体照明的发明历程

演讲人：
**中村修二（Shuji Nakamura）**
2014年诺贝尔物理学奖获得者

中村修二教授1977年毕业于德岛大学工学部电气工程科，1979年获得德岛大学工学硕士学位，同年进入日亚化学工业公司。1993年，他利用两步生长法实现了高质量GaN并利用原位退火实现了高效p型掺杂，使蓝色发光二极管得到真正的实用化。1995年，首次实现InGaN/GaN蓝色激光二极管的室温下脉冲激射。2000年受加州大学圣芭芭拉分校校长杨祖佑的强力邀请，出任材料工学院教授。2002年担任信州大学客座教授，2006年担任爱媛大学客座教授。2007年1月，宣布发明世界第一个非极性蓝紫色激光二极管。

**2015.8.31** （周一）**14:00-16:00**
北京大学英杰交流中心阳光大厅

主办单位：北京大学　　承办单位：北京大学国际合作部　北京大学物理学院

# 蓝光发光管、激光器及半导体照明的发明历程

非常感谢北京大学的邀请。下面我们先来看看，什么是LED呢？这张图就是LED的基本结构。这里有衬底，衬底之上是一层n型半导体材料，再往上是中间层，也被称作有源区或发光层，一般我们都喜欢用发光层，因为这层材料是用来发射绿光和蓝光的。最后是一层p型半导体材料。所以总体而言，LED是在衬底上生长的3层材料，我们称之为双异质结构。蓝光LED研制初期，没有合适的发光层和p型层。在我们解决了这两层的问题后，我们成功制成了LED，并获得了2014年的诺贝尔奖。现在来看，这个结构还是挺简单的。

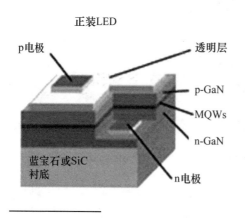

---

a. 137页图片来源：www.nobelprize.org/nobel_prizes/physics/laureates/2014-facts.html。由A. Mahmond 摄。

b. 本演讲与前一演讲共用"专家导读"。

利用蓝光LED，我们可以制造一种普适的光源——白光LED。白光LED就是蓝光LED加上磷光剂。磷光剂可以把蓝光变成黄光，再把蓝光和黄光混合，就得到了白光。这是目前最流行的白光LED技术，并被广泛地应用于各种照明领域。这张图上是蓝光和红光LED发光效率随时间的变化关系。在20世纪60年代红光LED最先被应用，当时至少有4个组同时搞出了几乎相同的红光LED，其中来自伊利诺伊大学的组是在这个领域最有名的。在90年代，我们做出了第一个高效率蓝光LED。1995年，我们做出了第一个高效率绿光LED。这条白线指的是白光LED的发展趋势。大家看，现在白光LED已经可以达到300流的功率，而这个是日光灯和白炽灯，可以看出我们的白光LED比传统照明设备的效率高多了。所以为了节能，LED是比传统照明设备更好的选择。

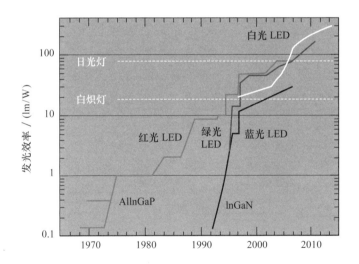

1993年，当时我所在的日亚公司已经开始大规模生产蓝光LED。当时最大的市场来自手机制造商，比如名盛一时的诺基亚和ATT，当时他们普遍面临的问题是缺乏制造手机屏幕的合适材料，而且当时唯一的光源不外乎日光灯和白炽灯这两种类型，它们显然不可能作为手机屏幕的光源。但就在此时，我们公司的蓝光LED横空出世，于是各大手机制造商开始大量购买我们的蓝光LED作

为液晶显示器的背光源。随着手机的发展，现在已经是智能机的天下，到处都是iPhone，iPad这样的智能产品，它们无一例外地都使用了LED作为屏幕的背光源，接下来还有电视的背光源、自动照明以及无处不在的一般性光源。接下来展示的是LED的效率。大家看，这是最传统的油灯，只有古代人才会用。这是白炽灯和日光灯，亮度分别是16流/瓦和70流/瓦，而LED是最亮的，高达300流/瓦。不过商业化的LED一般取这个值的一半作为标准，市面上的产品一般都在100～150流/瓦之间。这已经比日光灯高出了1倍，而与白炽灯相比，更是高出了近10倍。

那么为什么制作蓝光LED这么难呢？20世纪80年代，蓝光 LED的研究俨然

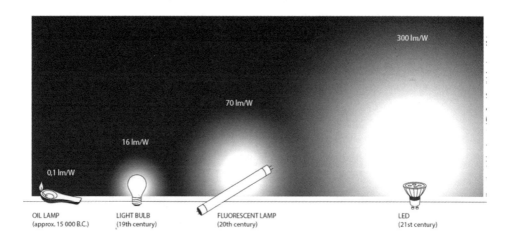

成为科学界的一股潮流。曾被学界公认的候选材料有两种，ZnSe和GaN。当时已经可以获得很好的GaAs衬底来生长ZnSe，且二者之间晶格失配非常小，晶格常数几乎相同，因此生长的ZnSe质量极佳。反观GaN，唯一可行的衬底是蓝宝石，但二者之间的晶格失配竟高达16%，这直接导致了GaN中大量缺陷的生成。在当时，这么显然的事实摆在眼前，于是基本所有的科学家都一窝蜂地扎到了ZnSe的方向。这是透射电子显微镜（TEM）拍摄的两种材料的横截面，其中

可以很明显地看到蓝宝石衬底上生长的GaN中有很多黑线，这些黑线就是晶体缺陷。反观ZnSe，一条缺陷都没有。这就是为什么所有人都选择ZnSe来研制LED的原因。如果在当时有人选了GaN，那么他就会被人们认为是既疯狂又愚蠢。比如一个学生选择GaN作为自己的研究课题，那么他的导师就会非常生气，甚至觉得他应该回炉重造。因为当时流行的观点认为想要制作蓝光LED，材料中的位错必须被控制在10的3次方量级以下，所以人们对待GaN的态度可想而知。

我在1989年开始研制蓝光LED，但在此之前，1988至1989年我在美国的佛罗里达大学做访问学者。因为我不懂生长GaN所用的金属有机化学气相沉积（MOCVD）技术，所以我到那里去学习。在那里，我和一些博士生一起工作，他们问我，你有博士学位吗？我说没有，只有硕士学位，而当时的我已经34岁了。在日本，东京大学和京都大学分列第一、二名，而我所毕业的德岛大学既没名气，排名又垫底，甚至都不能授予博士学位，所以我只有硕士学位。接下来他们又问我有没有发表过文章，我说没有，一篇都没有。之后，他们就一直把我当作技术员对待。在美国，科学家和研究员意味着他们都得有博士学位，如果没有博士学位，就只能被人当作技术员。技术员是不需要思考的，只需要听科学家的话就行了，让你干什么，你就干什么，所以他们的名字永远不可能出现在文章的作者栏里。同时技术员薪水也很微薄，学位和薪水是挂钩的。只有本科和硕士学位的话，一年就是3~4万美元，永远不增加。但如果有一个博士学位，那么成为科学家后一年的薪水就会在10万美元以上，日后更是会水涨船高。当时我还不清楚这种差异，因为在日本，博士学位没什么特别，和本科以及硕士学位没有任何不同，所以在日本没人对读博士感兴趣。此行我知道的最重要的一件事就是在美国想要做一个科学家，就必须得有博士学位，所以一年后回国的时候，我最大的愿望就是拿到一个博士学位。

当时的日本，如果想不进学校就拿到博士学位，就必须至少发表5篇学术论文，也就是拿到一个论文学位，所以我立志要发表5篇文章。事实上我从未想过自己能发明蓝光LED，只是想拿到博士学位，然后从公司走人。当时我了解到对于蓝光LED有两种候选材料，ZnSe和GaN。就像我之前讲过的，ZnSe的位错密度比GaN低很多，几乎所有人都选择了这种材料。而GaN的位错密度在10的9次方量级以上，晶体质量非常差，所以选择这个方向的研究组非常少。如果我选择ZnSe，这个领域已经发表过很多文章了，我想在这个领域发文章的可能性微乎其微。而GaN则几乎没有什么文献报道，据我所知只有赤崎勇教授和天野浩教授做过相关方面的工作，有几篇文章，所以这个领域对我来说就很好发文章。只要搞一些数据、实验和理论，文章不是信手拈来吗？所以我选择了GaN。

1992年我参加了日本的应用物理学年会（JSAP），这是蓝光LED及其相关领域规模最大的会议。当时我参加了GaN领域的分会，分会场设在一个小房间里，分会主席是赤崎勇教授，而当时还是学生的天野浩教授则是一个报告人，算上我在内，整个会场不到10个人。这个分会总共只持续了一个小时，之后我去了ZnSe的分会场。ZnSe的分会场是一个大型会场，有超过500名与会人员，并且持续了整整一周。所以你看，GaN领域的分会只持续了一小时，而ZnSe的分会从上午9点开到下午5点，连着开了7天，所以GaN在当时根本没前途，这个领域的人都不得不转到ZnSe领域。至于具体原因嘛，1991年，美国的3M公司成功研制出了世界上第一个蓝-绿激光二极管（laser diode），他们所选用的材料就是ZnSe。这是所有半导体LD中波长最短的器件，可谓轰动一时。几乎所有的科学期刊和媒体都在报道这次事件，并称ZnSe才是蓝光LED和LD的赢家，别的材料都没戏。自从该文章发表以来，在日本每天都会有关于ZnSe的研讨会和学术报告，每次的列席人数都有上千人。而GaN呢，早就没人关注了。不过对于我来说，我只是想发文章，所以我坚定地选择了GaN。

现在来看，我发明蓝光LED还是挺幸运的。对于蓝光LED而言，最重要的是这两层，发光层和p型层。即使有了n型GaN，如果没有这两层，最后也会徒劳无功。首先是对GaN的研制。一年后，也就是1989年，我从美国回来，我把精力集中在发文章上。不过首先，我要生长GaN薄膜，所以我买了用于GaN生长的MOCVD系统，当时一台就要200万美金。即使可以生长GaN了，长出来的样品也是黑色的，但实际上GaN晶体应该是透明的，几个月以来我一直没什么进展。几个月后，我决定改装仪器。于是那段时间，我几乎都是上午改装仪器，下午做生长，可能要长4、5次。整整一年半，我都遵循着这样的作息规律，除了新年，根本没有假期。而一年半以后，也就是1990年10月，我成功地发明了双气路MOCVD（two-flow MOCVD）。是的，我把它命名为双气路MOCVD。传统的MOCVD都只有一个主气路，但我又加装了一个辅助气路，所以称为双气路。这又是一个疯狂的构想，因为MOCVD中所用到的氨气意味着单气路是最优化的设计。也就是说，对于MOCVD生长晶体而言，辅助气路实在是多余而无用的。但我当时并不知道这些事情，更没有相关的学术背景，因为大家都知道我没有博士学位。所以我胆大妄为，但最终却得到了很漂亮的结果。利用这台改进的双气路MOCVD，我生长出了当时世界上最高质量的GaN晶体。在我的结果发表之前，赤崎勇和天野浩教授的研究进展是在最前沿的，但是我的结果发表之后，所有人都知道我的结果在当时是最先进的。

　　研究初期，我生长不掺杂的GaN晶体。在这，我们要提到GaN迁移率。所谓迁移率，指的是霍尔效应的一个测量值，可以表征晶体质量。赤崎勇教授和天野浩教授对GaN迁移率的测量的结果，显示没有生长缓冲层的GaN其迁移率只有50平方厘米/（伏·秒），但是同样的结构如果使用我的双气路系统，迁移率就能达到200平方厘米/（伏·秒），提高到了原来的4倍。如果使用低温AlN缓冲层技术，赤崎勇和天野浩教授给出的迁移率达到了450平方厘米/（伏·秒），同样地，如果使用我的双气路MOCVD，则可以达到600平方厘米/（伏·秒）左右。所以你们看，我能发表两篇文章了。

　　接下来我要研究的是GaN的p型掺杂，这也是蓝光LED结构中最重要的一层。自70年代开始，很多人就致力于利用Mg来实现GaN的p型掺杂。但是掺Mg时，得到的却是半绝缘的GaN。大家看这个电阻率的数据，10的6次方欧姆意味着半绝缘的GaN，而不是p型掺杂的GaN。1989年，赤崎勇和天野浩教授利用电子束照射这种半绝缘的GaN，进而成功得到了p型GaN，但他们不知道原理是什么。而我只是使用了热退火，即通过一个升温过程就把这种半绝缘的GaN成功转变为p型GaN。所以我们找到了更简单的GaN p型掺杂手段。同时我们也阐释了这种p型GaN的物理原理。总结一下，当生长GaN时我们用氨气作为氮源，通过氨气分子的分解为生长提供氮原子，但分解时产生的氢原子也会与Mg原子结合，形成一个复合体，即氢原子钝化了Mg原子，我们称其为氢钝化。但是通过一个热退火过程可以使氢原子从GaN中脱离，Mg就重新作为半导体中的受主接受电子，产生空穴，于是就得到了p型GaN。这样在1992年，我们解决了GaN p型掺杂的所有问题，即通过热退火激活掺杂的Mg原子进而得到p型GaN。

接下来需要解决的是InGaN发光层，这也是非常重要的，如果没有这一层，谈何发光呢？在赤崎勇和天野浩教授成功实现了GaN的p型掺杂后，他们制作了这样一个LED，称之为GaN pn同质结。GaN是发光层，但是GaN的发光在紫外波段，而不是蓝光区，而且由于在蓝宝石衬底上生长的GaN位错密度较高，这只LED的亮度很低，几乎不怎么发光。为了得到高效率的LED，我们需要双异质结构。这个想法来源于阿尔费罗夫博士和克勒默[1]教授，他们于2000年获得了诺贝尔物理学奖。这是个很好的想法，因为使用这种双异质结构可以把LED的输出功率提高近100倍，于是我们就开始做这种双异质结构。大家看，这张图是能带结构，同质结构的LED是这样的，这是电子和空穴，它们在空间

---

[1] 俄罗斯圣彼得堡约飞物理技术学院的若尔斯·阿尔费罗夫（Zhores I. Alferov）、美国加利福尼亚大学的赫伯特·克勒默（Herbert Kroemer）与德州仪器公司的杰克·基尔比（Jack S. Kilby）共同获得了2000年诺贝尔物理学奖，以表彰前两位发展了应用于蜂窝电话的半导体技术。

上被分离开，复合几率很低，因此发光就很弱。大家可以想象这样一种场景，电子好比是男孩儿，空穴是女孩儿，男孩儿和女孩儿想要结合到一起，但是在这种情况下他们在空间上被分隔开，很难结合。而在双异质结构中，情况就不同了，InGaN是发光层，这相当于把男孩儿和女孩儿都限制在了一个小房间里，结合就变得容易多了，那么LED的发光效率也就提高了很多。

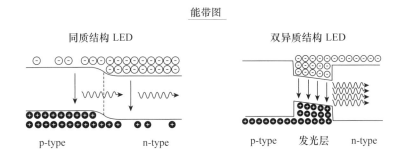

能带图

自70年代起，很多科学家都尝试进行InGaN的生长，但没有人得到质量足够好的InGaN，好到可以被用作蓝光和绿光LED的发光层。来自日本的松岗（Matsuoka）教授的研究组也对此进行了探索。InGaN的发光峰应该在蓝光区和绿光区，但在他们的光谱上却找不到这两个区的带间发光峰，所能看到的发光峰则是来自于InGaN内部的缺陷发光，没什么意义。而使用我们的双气路MOCVD，我们于1992年首次成功实现了高亮度的InGaN室温带间蓝光发射，所以它可以被用作蓝光LED中间的发光层了。于是在1992年，我们又解决了LED发光层的技术难题，只要我们把这三层组合起来，就可以制作双异质结型的高效蓝光LED了。在1993年，我们研制出了世界上第一个高效率蓝光LED，并于1994年将结果发表。你们看这是去年诺贝尔奖的新闻稿所用图（下图），他们用的那幅图就是我在1993年研制的那款高效率蓝光LED的结构，这里是发光层，这里是p型掺杂层，整个就是一个双异质结构。

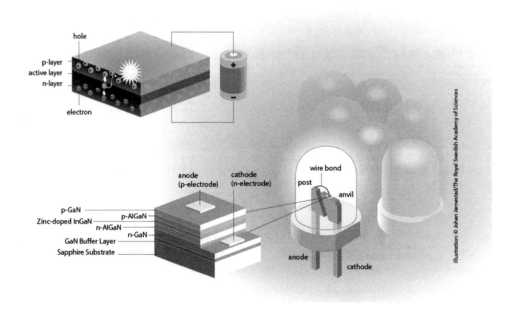

在1993年11月30日，我所在的日亚化学发布了一条新闻公告，日亚化学研发的高亮度InGaN双异质结型蓝光LED即将投产。同年的10月，丰田合成株式会社宣布他们的MIS型蓝光LED研发成功，亮度在200毫坎。其实MIS结构（金属-绝缘体-半导体）的LED早在1973年就由Maruska教授研制而成，当时由于缺少p型GaN，不得不退而求其次，采用MIS结构作为弥补。在1989年，赤崎勇和天野浩教授成功实现了GaN的p型掺杂，但他们并没有将其用于LED的制造。在1995年我们制备了第一个量子阱，这里的量子阱被用于有源区，也就是前面一直在讲的发光层，于是就有了现在市面上随处可见的LED。而在1996年，我们同样利用InGaN实现了第一个蓝紫激光二极管。这种激光二极管已经被广泛用于播放高清影视的蓝光DVD，所以没有它，也就没有现在的蓝光DVD。

蓝光发光管、激光器及半导体照明的发明历程　　　147

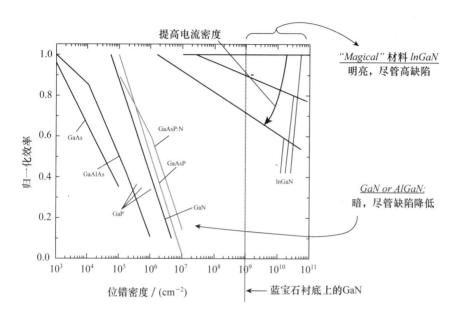

After Lester et al, Appl. Phys. Lett, 66,(1996)1249

上面这张图是LED效率与位错密度的函数关系。20世纪80年代，红光LED用AlGaAs制成。AlGaAs这种材料的位错密度一旦高于10的3次方，LED的效率就会急剧下降。因此当时普遍的观点认为位错密度要低于10的3次方才能实现高效率的LED。但在InGaN作为发光层的蓝光LED中，由于使用的是蓝宝石衬底，InGaN的位错密度已经高于10的9次方。居然还能这么高效地发光，这简直太神奇了。可以毫不夸张地说，如果没有InGaN，蓝光和绿光LED也就不可能实现。关于这方面的解释有很多，我就不在这里详细讲了。那么接下来这张图是我们三人对诺贝尔奖的贡献。1985年，赤崎勇和天野浩教授发明了低温AlN缓冲层技术，而我则是在1991年发明了GaN缓冲层技术。在GaN p型掺杂方面，赤崎勇和天野浩教授于1989年利用电子束照射首次实现了GaN的p型掺杂，而我则在之后利用热退火实现p型GaN，这在技术上更简单，所以现在所有的公司都用这种热退火的方法来制备p型GaN。至于物理机制方面，最关键的是我阐明了热退火和电子束照射形成p型GaN的机理，也就是氢钝化。另一项重要的发现则是InGaN发光层,我利用它制作了第一个LED量子阱结构。请看下面这张图,这是LED的发展历史。

| | Year | Researcher(s) | Achievement |
|---|---|---|---|
| GaN | 1969 | Maruska & Tietjen | GaN epitaxial layer by HVPE |
| | 1973 | Maruska et al. | 1st blue Mg-doped GaN MIS LED |
| | 1983 | Yoshida et al. | High quality GaN using AlN buffer by MBE |
| | 1985 | Akasaki & Amano et al. | High quality GaN using AlN buffer by MOCVD |
| | 1989 | Akasaki & Amano et al. | p-type GaN using LEEBI (p is too low to fabricate devices) |
| | 1991 | Nakamura | Invention of Two-Flow MOCVD |
| | 1991 | Moustakas et al. | High quality GaN using GaN buffer by MBE |
| | 1991 | Nakamura | High quality GaN using GaN buffer by MOCVD |
| | 1992 | Nakamura et al. | p-type GaN using thermal annealing, Discovery hydrogen passivation (p is high enough for devices) |
| InGaN | 1992 | Nakamura et al. | InGaN layers with RT Band to Band emission |
| | 1994 | Nakamura et al. | InGaN Double Heterostructure (DH) Bright Blue LED (1 Candela) |
| | 1995 | Nakamura et al. | InGaN DH Bright Green LED |
| | 1996 | Nakamura et al. | 1st Pulsed Violet InGaN DH MQW LDs |

1990年10月,我发明了双气路MOCVD,这是非常重要的一步,因为它直接决定生长晶体质量的好坏。在我发明双气路MOCVD之前,赤崎勇和天野浩教授的研究结果是当时最好的,而在这项发明之后,我发表了更好的研究结果。之后各种器件的研究也都如火如荼地展开,所以才有了今天的局面。

这个LED是长在蓝宝石衬底上的,而我接下来要介绍的是第二代LED。现行的LED都生长在蓝宝石、碳化硅以及硅衬底上,这被称作异质外延,我把它们称为第一代LED。而第二代LED是长在GaN衬底上,称为同质外延。为了实现这个目标,2008年我们组建了SORAA公司。最近我们发表了这篇文章,一般LED都是圆形的,而我们采用的是三角形结构,以便增加发光效率。而且我们也得到了很好的结果,可以看到我们的能量转换效率高达84%,而第一代的蓝光LED只有50%~60%的能量转化率,我们的LED要足足高出20%。这是因为传统的LED由于异质外延而带来大量的位错，而我们的LED则是同质外延，几乎没有位错，晶体质量非常好。当然还有另外一个不同之处，我们的LED中的电流密度可以调控得很大，甚至可以达到传统LED的5~10倍，同样的尺寸，电流密度提高这么多，意味着亮度也能提高5~10倍。值得强调的是，SORAA用紫光LED来实现白光照明，即所有的红绿蓝光都是紫光和磷光剂组合的结果。

大家知道最好的光源其实就是自然光源，也就是日光，这也是我们生活中最常见的光。太阳光谱从红外一直延伸到紫外波段，而卤素的光谱和太阳光谱处于相似的频段。下面来聊聊我们SORAA的LED，它包含了整个可见光波段。而市面上现行的LED的光谱由于白光是由蓝光LED加磷光剂组成，因此在光谱中缺失了紫光波段、红光波段以及蓝绿光波段。这种LED的显色指数（CRI）只有80，太阳光的显色指数接近100，而SORAA的LED则为95。所以紫光波段对全光谱照明是非常重要的。另一个比较重要的应用是制作白光LED。大家都应该有白衬衫吧，在白衬衫和白纸中都含有增白剂，这种增白剂需要紫光才能激发，从而显现效果。所以当你使用SORAA的LED时，其发射的紫光就会激发增白剂，使你的衬衫或纸张看起来更白。但如果你家里用的是传统的蓝光LED，它的光谱中缺失紫光以及紫外波段，无法使增白剂显示应有的效果，所以衬衫就会显得有些暗黄。这确实是个大问题，试想如果你买了一件白衬衫，回家后拿到灯光下一看，它居然变脏了，不得不重新洗一遍，那会非常麻烦。所以白光LED中的紫光波段对我们的日常生活是十分重要的。

另一个问题来自蓝光。之前提到，传统的白光LED都是蓝光LED和磷光剂组成，所以其中的蓝光波段强度非常高，在光谱上有一个峰值。这么强的蓝光会扰乱人的生理周期，抑制褪黑激素的产生，加速人体衰老，所以长时间使用这种蓝光LED会影响健康。而SORAA的LED，其中的蓝光波段来自磷光剂，其强度要弱得多，因此它不存在上述健康问题。所以为了大家的健康考虑，还是都使用我们的LED吧。不过这种传统的蓝光LED也不是不能用，比如可以在早晨叫你起床,因为它扰乱了你的生物钟,让你睡不着了。但是晚上你睡觉时还是别用它了,不然就真的睡不着了。

再下一代,也就是第三代固态照明(solid state lighting)是激光照明。下面这张图显示的是LED和激光二极管的效率随电流密度的变化。我们可以看到在LED中,高电流密度会导致效率大幅下降,那LED就会变得很暗,几乎不发光。而在激光二极管中,效率随着电流密度呈正相关。也就是说,如果要实现60W的白炽灯等效照明,在LED中我们需要发光层以使得电流密度处在这个小区间内,而对于激光二极管,器件的尺寸就可以做得很小,因为我们需要电流密度大一些,所以我们就可以用非常小的器件做出非常亮的光源。在不远的将来,这将极大地节约材料的成本。所以我认为,从成本和亮度两方面考虑,在照明领域,激光二极管未来很可能全面取代LED成为新一代的高效照明系统。

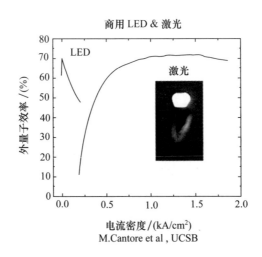

现在这种激光二极管已经被用于投影仪了,这使得投影仪进化成了高清电视。这张图是使用了激光二极管技术的100英寸高清电视。现在,诸如奥迪、宝马这样的汽车品牌也已经把激光二极管应用于制作车头灯,其优势在于可以把传统LED车头灯100~300米的照射距离提升到1000米。这项技术在德国被广

泛使用，因为德国的车开得都比较快，这种车头灯可以极大地提高安全系数。当然，在中国的市场也很大，因为中国的高速公路非常的长，所以你需要远距离的车头灯来判断前方的路况。不过在日本可能就没那么重要了，因为日本没有那么长的高速公路。

最后是我的致谢。高效率LED是我在日亚化学工作期间发明的,所以我要感谢一下日亚的全体员工。在2000年,我来到美国加州大学圣芭芭拉分校,我要感谢杨祖佑校长以及我的同事Jim Speck和Umesh Mishra教授。上面的照片是我在UCSB的合影,这是杨祖佑校长,这是Jim Speck和Umesh Mishra教授,还有这些是博士生。

最后总结一下,第一代LED是在蓝宝石、碳化硅和硅衬底上生长的,第二代LED是在GaN on GaN型的,而第三代固态照明则是激光照明。好,就是这些,谢谢大家。

## 现场问答

**Q**：中村修二教授您好，实际上我不太懂您的那些专业知识。不过众所周知，在之前20年里，只有红光和绿光LED，所以我想请问，当您开始研究蓝光LED时，您是否坚定地认为自己能够实现它呢？

**A**：不，我从未奢望过。我当年只是想发5篇文章，拿个博士学位而已。当时我住在偏远的城市，上的是当地的大学——德岛大学，连博士生课程都没有，排名垫底。我不知道中国的排名垫底的大学是哪所，但这可以做个类比，就像北大和东京大学都是两国的一流大学一样。

（主持人：但现在德岛大学因您而出名了。）

**A**：哈哈。而我工作的日亚化学也是一家小公司，也处在偏远地区，在这样的环境和出身背景下，我从来没有奢望过，更别说诺贝尔奖了。

**Q**：我还有一个问题，您之前提到您的想法很疯狂，当时的人们都认为GaN是不可能成功的，那在您的研究经历中，有哪些有利因素呢？

**A**：哦，因为我所在的公司是一家地方性的小企业，所以没有什么成建制的体系，因此最大的好处就是自由。因为没有人懂半导体科技，事事我都能自己做主。对科学家来说，最重要的就是自由了。而另一个好处是经费还算充足，在那段时间，我很自由，经费也不少，而这两点对搞科研都很重要。

**Q**：中村修二教授，您好。我是中国科学报社的记者。我有三个问题，第一个是第三代固态照明，也就是激光二极管的市场占有率现在有多少呢？

**A**：哦，那还很小，因为它刚处于起步阶段。汽车的车头灯已经把激光二极管的名声带起来了，但是市场还没有完全打开，现在的占有率很低。

（主持人：抱歉，由于时间限制，您只能再提一个问题。）

**Q**：那我就提一个大家都感兴趣的，您成功的秘诀是什么？

**A**：说到成功的秘诀嘛，我想，科研就像一次赌博。就像ZnSe和GaN一样，80年代所有人都押了ZnSe，所以如果你再押ZnSe，那就不是赌博了。实际上基本所有的工作都带有一点儿赌博的性质。但是科学领域的赌博，要求你必须努力学习，并有很强的专业背景。要成为一名出色的科学家，这可不容易。

**Q**：LED确实是一种改变人类社会的伟大发明。现在有机LED在各个领域似乎也有不错的应用，您对此怎么看呢？

**A**：我认为有机半导体起步太晚了，它们的性能并不比普通半导体要好，而且价格还比较贵。现在基于化合物半导体的平板显示器已经十分成熟了，所以有机LED与传统LED相比并没有明显优势。当然，这只是我的观点。不过现在所有的日本公司都砍掉了有机LED的项目，而韩国，据我所知，三星已经不再做这个方向了，只有LG还在研究有机LED。所以你看既然这么多公司都退出了这个领域，我想它的发展前景恐怕不会太好。

# 加速膨胀的宇宙：
# 一项酝酿已久的诺贝尔奖

# THE ACCELERATING UNIVERSE:
# A NOBEL PRIZE MILLENNIA IN THE MAKING

**2015年09月07日 14:00**
北京大学英杰交流中心阳光大厅

**布莱恩·施密特**
**Brian Paul Schmidt**

布莱恩·施密特是澳大利亚国立大学的桂冠学者和杰出教授，1989年获美国亚利桑那大学天文与物理学学士学位，1992年获哈佛大学天文学硕士学位，次年获得博士学位。1998年，他所带领的高红移超新星搜索小组发现了宇宙加速膨胀的证据，并因此获得了2011年诺贝尔物理奖。身为澳大利亚科学院院士、美国科学院院士和英国皇家学会院士，施密特教授于2013年被授予澳大利亚政府最高民事荣誉"爵级司令勋章"。2016年起，施密特教授将出任澳大利亚国立大学校长。

主　办：北京大学
承　办：北京大学国际合作部
　　　　北京大学澳大利亚研究中心
　　　　北京大学科维理天文与天体物理研究所

# 专家导读

撰文：北京大学科维理天文与天体物理研究所李立新教授

布莱恩·施密特（Brian Paul Schmidt）是澳大利亚国立大学著名教授、澳大利亚科学院院士、美国科学院院士、英国皇家学会会员、邵逸夫奖和诺贝尔物理学奖获得者。施密特教授主要从事超新星巡天和利用遥远超新星探索宇宙学的研究工作。其最主要的成就是利用Ia类型超新星测量宇宙膨胀速度随时间的演化，确定了宇宙正在加速膨胀的理念，开创了宇宙学研究的新篇章。由于通过遥远超新星的观测发现了宇宙的加速膨胀，布莱恩·施密特和萨尔·波尔马特，亚当·里斯三人一起分享了2011年的诺贝尔物理学奖。

施密特于1967年2月24日出生在美国的蒙大拿州。他在22岁的时候进入哈佛大学天文系攻读博士学位，师从名师Robert Kirshner教授，从事超新星的观测和研究，旨在利用II类超新星来测量哈勃常数——描述宇宙膨胀速度的一个重要参数。施密特于26岁获得哈佛大学博士学位。次年，施密特和Nicholas B. Suntzeff组成高红移超新星搜寻团队（HZT），旨在通过对Ia型超新星的观测来测量当时人们预期的宇宙减速因子。当时人们普遍认为宇宙膨胀会越来越慢，后来发现的宇宙加速膨胀完全出乎人们的预料。再次年，施密特被选为HZT的领军人，加入澳大利亚国立大学斯特朗洛山天文台，并继续领导他的团队搜寻高红移Ia型超新星和测量宇宙减速因子。

1998年，时年31岁的施密特与合作者完成了宇宙学和科学史上的里程碑工作：通过对Ia类超新星距离的测量发现宇宙的膨胀并不是人们预期的减速膨胀，恰恰相反，是加速膨胀。该结果大大出乎人们的预料，包括施密特本人，以至于他与合作者花了近两个月时间检查"错误"。然而，没有发现错误。差不多与此同时，身在伯克利国家实验室的波尔马特教授领导的超新星宇宙学项目独立地得到相同的结果——宇宙在加速膨胀。两个独立和互相竞争的研究团队同时独立得到的结果互相印证，导致人们很快就接受了宇宙在加速膨胀这个事实。宇宙膨胀的发现促使人们重新审视对宇宙的理解和提出暗能量的概念。

宇宙加速膨胀为后来所有的观测进一步证实。2011年度诺贝尔物理学奖颁发给波尔马特，施密特和里斯，表彰他们"通过对遥远超新星的观测发现了宇宙的加速膨胀"。施密特时年44岁。

除了科学研究工作之外，施密特教授还热心于帮助公众理解科学的意义和重要性，传播科学知识和科学技术为人类社会发展带来的动力和利益，并积极呼吁杜绝科学技术的不恰当使用。施密特从诺贝尔奖的奖金中拿出10万美元捐赠给澳大利亚科学院下属的Primary Connections项目以帮助小学教师提升自然科学知识的教育，并经常亲临小学做演讲和回答学生的提问。施密特教授也非常关心澳大利亚科学和医学研究的长远规划，呼吁政府加大科研投资，支持科学项目的国际合作，克服研究规划上急功近利的短视，解决现有体制导致科研人员花太多时间在基金申请而不是科学研究上的问题。他对澳大利国家规划中没有充分重视科学研究的长期发展表示担忧，严厉指出规划上的失误只需一年时间就可造出需要20年时间来修复的重创。

为了更好地理解施密特教授的讲座和发现宇宙加速膨胀的重要意义，我们有必要对现代宇宙学发展的历史做一个简单的回顾。我们将以五个里程碑来概括现代宇宙学的发展，其中第五个里程碑就是宇宙加速膨胀的发现。

尽管从远古时代人们就开始对宇宙进行思考，作为严格科学意义上的宇宙学历史并不是很长，其发展始于1917年爱因斯坦发表著名论文《根据广义相对论对宇宙学所做的考察》。这里，"严格科学意义上的宇宙学"包含两个含义：（1）存在一个可以自洽地、定量地、精确地描述宇宙系统的物理理论；（2）拥有一项技术，可以从科学的角度对宇宙学尺度之上的物理现象进行定量的和精确的观测。

牛顿万有引力定律的发现揭示了主宰天体运动的力是万有引力。日月星辰的运动，都可以用万有引力定律和牛顿力学精确地描述。海王星和冥王星实际上是人们首先根据牛顿万有引力定律预言其存在，随后才根据预言通过观测发现的。然而，牛顿力学无法自洽地应用于整个宇宙。牛顿本人就已经注意到这个问题。根据万有引力定律，所有天体在相互之间的引力作用之下互相靠近，总有一天会塌缩到一起形成一个巨大的球形天体，而我们看到的宇宙并不是这样（Bentley佯谬）。牛顿在给神学家Bentley的信中这样解释道：宇宙没有一个中心，所以宇宙中的物质不知道往哪里塌缩，只能随机地塌缩形成一个个天体。

牛顿虽然没有解决引力谬误，他的回答中却包含了现代宇宙学的两个重要思想：宇宙没有一个中心，宇宙中的天体形成于引力塌缩。

从哥白尼开始，人们逐渐接受了宇宙没有中心这一思想。这一思想逐渐被发展成宇宙是均匀各向同性的假设，即宇宙中每一处的观者看到的宇宙在大尺度上都是各向同性的，或者说宇宙中没有一点是特殊的，没有一个方向是特殊的。这一假设通常被称为宇宙学原理或哥白尼原理，是现代宇宙学的出发点。虽然是作为一个假设被提出，宇宙学原理和迄今为止的所有宇宙学观测（特别是微波背景辐射的观测）都高度相符。

牛顿理论至少无法自洽地描述一个均匀各向同性的宇宙，这可以从如下简单的考虑清楚地理解。根据宇宙学原理，在宇宙中任意一点的观者所受的外力必然为零，否则外力的方向提供了一个特殊的方向。根据牛顿第一定律，一个不受外力作用的物体必然处于静止或者匀速直线运动状态。然而，由于宇宙中存在物质，根据万有引力定律这些物质必然相互吸引，宇宙中任意两个物体都有一个相向的加速度，因此宇宙中的任何物体（包括观者）都不可能处于静止或匀速直线运动状态。牛顿理论在应用于宇宙学的时候得出自相矛盾的结果。

爱因斯坦的广义相对论是第一个可以用来自洽地、定量地、精确地描述宇宙系统的物理理论，实际上也是迄今为止唯一被广泛认可的可以描述宇宙系统的物理理论。在广义相对论中，引力场强度和加速度不再具有绝对的意义，它们的定义依赖于观者。引力场是时空弯曲的体现。一个只受引力作用的物体一定是一个局部惯性系，该参考系中测量到的引力场强度和加速度必然为零。实际上，正是牛顿理论中的不自洽问题长久地困扰爱因斯坦，促使他最终提出全新的引力理论——广义相对论。

虽然在爱因斯坦之前就有人意识到了牛顿理论中的问题（比如在用来描述宇宙学时导致的不自洽），只有爱因斯坦认真对待了这些问题并为此冥思苦想、寝食不安，花了近八年时间终于在1915年发现了广义相对论。广义相对论的发现是现代宇宙学发展中的第一个里程碑，因为人们拥有了可以自洽地、精确地描述宇宙学的物理理论。1917年，爱因斯坦就将广义相对论应用于宇宙学，提出了第一个宇宙学的物理模型——爱因斯坦静态宇宙学模型。

现代宇宙学发展的第二个里程碑是1929年哈勃定律的发现。20世纪20年代，人们拥有了可以用来观测河外天体的设备和测量河外天体到我们的距离的技术。哈勃工作的加州威尔逊山天文台拥有当时世界上最大的天文望远镜，2.5米胡克望远镜。该望远镜可以用来观测银河系之外的遥远天体（当时人们还不知道银河系之外还有一个世界）。哈勃正是使用这台2.5米的望远镜，通过对先前知道的漩涡转星云中造父变星的观测，确定了星云的距离远大于银河系的尺度，因此那些星云（现在叫作星系）一定位于银河系之外遥远的地方。哈勃的工作开启了河外天文学和观测宇宙学——当代天文学的两个重要分支。

1929年，哈勃通过检查星系距离和星系相对于我们的退行速度之间的关系，发现越遥远的星系退行得越快，这一发现后来被称为哈勃定律。这一发现在当时是一个令人震惊的结果，因为它意味着我们的宇宙不是静态的，宇宙正在膨胀。哈勃的工作从根本上改变了人们对宇宙的认识：在银河系之外别有洞天，宇宙正在随时间膨胀。正是这一发现催生了大爆炸宇宙学模型。如今大爆炸已经被广泛接受为宇宙的标准模型。

虽然在哈勃的发现之前，比利时天主教牧师勒梅特（Georges Lemaître）于1927年就根据爱因斯坦的广义相对论推出宇宙可以是膨胀的，并且从理论上预言了哈勃定律，但直到哈勃从观测上发现宇宙膨胀的证据，人们才真正开始重视膨胀的宇宙模型。哈勃的发现马上促使爱因斯坦放弃了自己的静态宇宙学模型，并且为在构建静态宇宙学时不得不在引力场方程中引入一个宇宙学常数项而懊悔不已，称其为自己一生中所犯的最大错误。以哈勃的发现为出发点，爱因斯坦的广义相对论和其他物理学理论（统计物理、量子物理、核物理等等）为理论工具，伽莫夫等人提出了大爆炸宇宙学的模型。

现代宇宙学发展的第三个里程碑是1965年宇宙微波背景辐射的发现。1964年，射电天文学界彭齐亚斯和威尔逊在美国贝尔电话实验室位于新泽西州克劳福德山上的观测站使用一种不同寻常的射电天线来测量银河系高银纬处射电波的密度。他们在7.35厘米波长上意外发现一种微波波段的背景噪音，该噪音强度不随时间改变，也不随方向而改变。不随方向而改变说明该噪音辐射来源于宇宙内比银河系大得多的天体。为了搞清楚噪音的起源，他们清除了天线上的鸽子粪便，重新测量发现该噪音依然存在，尽管强度降低了一点点。通过咨询其他天文学家，1965年彭齐亚斯（Arno Penzias）和威尔逊（George Wilson）终于确定他们发现的噪音是宇宙的背景辐射，对应于温度3.5K，并公布了这一重要发现。彭齐亚斯和威尔逊因为此发现而获得1978年的诺贝尔物理学奖。

早在1948年，伽莫夫（Gamow）等人就根据对宇宙早期核合成的大爆炸模型研究从理论上预言了宇宙微波背景辐射的存在，并计算出其温度在5K左右。直到1965年微波背景辐射的存在才被观测所证实。在1948到1964的16年间，没有人认真地考虑过通过观测寻找宇宙微波背景辐射，直到1964年普林斯顿的迪克（Henry Dicke）等人才开始有这一想法并着手准备。彭齐亚斯和威尔逊是意外地发现了微波背景辐射，他们事先并不知道大爆炸理论和微波背景辐射。粒子物理和宇宙学家温伯格（Steven Weinberg）认为这是一个不可思议的现象，在他的宇宙学科普著作《最初三分钟》（*The First Three Minutes: A Modern View of the Origin of the Universe*）里边专门用一章的内容来探讨其中的原因。尽管原因可能是多方面的，有两点值得关注：其一是理论家和实验家之间缺乏交流，其二是在1965年之前多数人不把宇宙学作为一门严肃的科学来对待。

1965年微波背景辐射的发现，彻底改变了人们对宇宙学的看法，普遍开始接受宇宙学是一门严肃的科学，很多优秀的物理学家和天文学家开始投入宇宙学研究的热潮中。

现代宇宙学发展的第四个里程碑是美国NASA的COBE卫星对微波背景辐射的高精度观测。1994年公布的COBE观测结果不仅证实了微波背景辐射是几近完美的黑体辐射（正如大爆炸理论所预言的一样），精确测量了微波背景辐射的温度为2.73K，同时还发现微波背景辐射具有极其微弱的温度涨落（四级各向异性），涨落幅度是平均温度2.73K的十万分之一量级。根据大爆炸理论，作为大爆炸遗迹的微波背景辐射温度涨落是由热辐射和物质解耦时期（其时宇宙的尺度只有现在的千分之一左右）物质密度涨落在微波背景辐射上留下的印记。正是如此微小的密度涨落，为宇宙中星系等结构的形成埋下了种子。因此，COBE观测的结果标志着精确宇宙学（precision cosmology）的开始。马瑟（John C. Mather）和斯穆特（George F. Smoot）因为COBE的发现而荣获2006年度诺贝尔物理学奖。

现代宇宙学发展的第五个里程碑就是宇宙加速膨胀的发现，其主要贡献者之一就是施密特教授。在此之前，人们已经接受宇宙膨胀的事实，并普遍相信宇宙膨胀是减速的。当时人们认知的宇宙中的物质（包括我们熟知的物质和暗物质）都是只能产生引力的，所以人们固执地认为宇宙的膨胀在引力的作用下必然越来越慢。如前所述，施密特等人一开始是想通过Ia类超新星的观测来测量宇宙膨胀的减速度，结果却意外发现宇宙膨胀是加速的。（施密特教授的讲座中将解释为什么Ia类超新星可以用来测量宇宙膨胀速度随时间的改变。）宇宙加速膨胀又一次改变甚至颠覆了我们对宇宙的认识。加速膨胀的发现意味着宇宙中必然存在着大量的产生斥力的物质，其总量比产生引力的物质总量还要多，否则无法克服通常物质和暗物质的引力而使宇宙加速膨胀。产生斥力的物质在宇宙中必须是高度均匀分布的，因为在星系和星系团尺度及更小尺度上人们从来没有发现这种物质存在的迹象。如今，人们把这种未知物质叫作暗能量。

迄今我们还不清楚暗能量到底是什么。我们只知道它存在于宇宙中，数量巨大且高度均匀分布，并且拥有一个非常特别的性质：尽管宇宙在膨胀，其密度几乎恒定不变。这要求暗能量的压强是负的，能量密度是正的。根据广义相对论，物质的压强也影响时空的弯曲。正是负的压强产生强大的斥力，克服了宇宙中物质的引力（包括暗能量的能量密度产生的引力），使得宇宙加速膨胀。暗能量可能是某种真空能量，也可能是某种其他形式的未知能量。暗能量的本质是当前物理学和天文学中最重要的研究课题之一。

由于篇幅的限制，我们这里无法对宇宙学的当代发展做一个全面的介绍。但需要指出，施密特等人关于宇宙加速膨胀的发现为后来所有的宇宙学观测所证实，包括对微波背景辐射进行更精密测量的WMAP和PLANCK卫星的观测结果。通过聆听施密特教授关于"加速膨胀的宇宙：一项酝酿已久的诺贝尔奖"的讲座，不仅可以了解宇宙加速膨胀这一划时代发现的过程和意义，认识宇宙学这一激动人心的物理学和天文学分支，更可以欣赏一位诺贝尔物理学奖大师看问题的眼光和深度。

加速膨胀的宇宙:
# 一项酝酿已久的诺贝尔奖

感谢大家出席今天的讲座。我非常荣幸能够来到北京大学，这是我首次来到这座伟大的学府，但不会是最后一次。这一定程度上是因为澳大利亚国立大学校长这个新职务，还因为我们作为天文学家同中国日新月异的发展合作。我认为中国在世界科学中日益增加的贡献，对于全世界和国际化了的社会来说，是一个积极的信号。1989年，我和何子山初次见面，我们几十年来一直是同学和朋友，谁也不曾料想到此时此地再次见面了。

今天，我想向大家讲述宇宙加速膨胀的故事，希望大家领略到科学精妙绝伦的地方，体会到前辈几十年、几百年甚至上千年的互相交织的研究历程。何子山妙语连珠，已经向大家介绍了我们的主题，而我希望向你们展现其中的来龙去脉。

我首先要说的是，每个人都仰望同一片星空，每一个人看到的星空基本都是一样的。这是最远古人类描绘的图景，位于法国韦泽尔峡谷的拉斯科洞穴中的壁画上，我们看到了什么？我们看到了昴星团，也就是七姐妹星团，就在一副牛轭的旁边。在现代占星家和星座学家的眼中，昴星团就在金牛座牛轭旁边。距今17300年的观念，是多么的不可思议。而且那些天文学家向我们展示了，你在阿拉斯加可以看到的星星，在地球上遥远南端的特拉萨斯拉戈（译者注：位于智利巴拉斯港）同样也能看到，每个人都可以看到七姐妹星团中的六颗星。我们再来看中国天文学的地位。中国是世界上最早细致记录天上星官细节的国家，其星表延续不断，描绘出了天上的"地图"。当他们望向天空，有时可以看到变化的星象，谓之客星，也就是彗星和我们要谈的超新星，时至今日在研究天体时这些记录仍然有用。

法国拉斯科岩洞中的壁画，中上偏左有昴星团

当回溯科学的源头，我们发现，科学源于天文学。首先是托勒密，他的贡献是理清如何预测行星的位置。他建立的系统非常繁复，而且遵循着一些可能在当时人看来若不遵守就会被斥为异端的规律，其中一条便是地球位于宇宙的中心，另一条是万物在圆轨道上运行。为什么？因为这些是由希腊人提出的。尽管如此，这仍然是科学的开端，因为托勒密想要精准测算行星在天空中是如何运行的。他的计算精准无误，被一直沿用至15世纪。

接着哥白尼来了，他改变了天体运行法则中的一点。他提出地球不是宇宙中心，我们以太阳作为宇宙中心，万物仍旧在圆轨道上运行。虽然在细节上哥白尼的理论没有托勒密预测的那么精确，但是这个模型既优美又简洁。这固然是个理论，但是科学需要验证才能接受。

然后是伽利略。哥白尼的观念在15世纪并不为世人所知。我个人认为伽利略是首先提出如下观点并预言的人。他虽然没有为发明望远镜作太多贡献，但是他首次将望远镜实际运用了起来。当他观察那些围绕着恒星转的行星时，他可以清楚地看到它们的卫星，就像我们的月球一样绕着圆轨道运行。显然地球不是这个系统的中心。他同样还观察到金星在绕日运行时，正如哥白尼所预言的那样，在太阳的远端全部被照亮且面积变小，在太阳的近端有如新月且面积变大。至此哥白尼的观点被证实了，显然托勒密是错的，而哥白尼是对的。伽利略还会制造望远镜，他的望远镜为意大利皇室所用——包括教皇。1610年的社会难以接受这一发现，可能他们还没有做好准备接受这个事实，但这确实是科学观测的开端。

接下来艾萨克·牛顿的出现是一大进步，甚至被誉为是最大的进步。艾萨克·牛顿善于解决他遇到的数学问题，而数学是精确预测的必要工具。所以他提出了第一时间就被证实了的理论——万有引力定律。牛顿的定律非常出色，不论是彗星还是行星，在预测一切与引力有关的问题上牛顿的定律从未失手。人们建造新望远镜，用新技术发现事物的过程中，问题来了。18世纪首台科研望远镜研制出来，威廉·赫歇尔[1]用它发现了一颗当时人类还不知道的新行星——天王星。然而问题是天王星的运行总与他用牛顿定律计算的结果有偏差。究竟是牛顿的万有引力定律出错了？还是勒维耶[2]提出的另外一种解释，有

---

[1] 威廉·赫歇尔（Wilhelm Herschel，1738—1822），英国天文学家。恒星天文学的创始人，被誉为"恒星天文学之父"。英国皇家天文学会第一任会长，法兰西科学院院士。

[2] 勒维耶（Le Verrier，1811—1877），数学家、天文学家，计算出了海王星的轨道。根据其计算，柏林天文台的德国天文学家伽勒观测到了海王星。

一颗未知的行星影响了天王星的运行？我们该如何验证？勒维耶预言了这颗新行星出现的位置，在这个位置人们果真及时发现了一颗新行星——海王星。在当时那个法国和德国互不相让的年代，他们却一同努力。这就是科学史，科学总能超越政府，团结两国人民。澳大利亚的天文学家1993年就开始和中国的天文学家们协同工作，可十年前政府渠道才开放。科学能够延续至今，这些科学家们无疑是先驱，我们应当庆幸，更应该理解。

最后牛顿的理论为爱因斯坦理论所代替。爱因斯坦认为，引力和加速是等效的。我们做一个形象的实验，当你在真空中同时释放羽毛和保龄球，可以看到引力对它们的作用是相同的。爱因斯坦提出，引力和加速不可区分。当你在一艘没有窗户的火箭上，你没有办法区分，火箭是在以9.8米/平方秒的加速度加速，还是在地球表面附近产生了9.8米/平方秒的加速度——二者是等效的。这是一个非常微妙的理论，爱因斯坦用了八年才给出解答，相应诞生的便是他的广义相对论。广义相对论预言了时空弯曲，比如望向一颗本来应该在太阳后面的恒星，日全食时会看到它受到太阳造成的时空弯曲影响而被移开或取代。六个月后的日全食再一次证明了爱因斯坦是对的。爱因斯坦也因广义相对论而闻名于世，1919年爱丁顿[①]的日全食实验令爱因斯坦声名大噪。为何这个实验这么重要，令默默无闻的爱因斯坦声名远扬？并不是因为他解决了问题，而是缘于觉得这个世界就应该是这样而提出相应的新观点，爱因斯坦是第一个，可能也是仅有的一个这样的人。他提出广义相对论的方式在科学中是非常少见的。通常是遇到了问题，而现有的理论解决不了，就提出新观点，然后看到新观点更好地解决问题。所以这是科学史上别具一格的一刻，但也是科学前进的一刻。爱因斯坦的广义相对论取代了牛顿的万有引力定律，但是台下大多数人上物理课的时候，依然学习的是牛顿定律。为什么？因为它有用，在绝大部分时候都是准确的，除非你要处理黑洞附近的问题，或者精细计算一些细微差别，诸如GPS卫星。

---

① 爱丁顿（Arthur Stanley Eddington，1882—1944），英国天文学家、物理学家、数学家。

然而我们已经清楚爱因斯坦也不完全是正确的，因为广义相对论和量子力学不兼容。那么什么是现实？我认为能够预测实验结果的理论就是现实。我们与桌子相作用，因为我们希望它能摆放我们的水杯。感觉告诉我们，事物应该怎样运作，然而突然发现事情并不是我们想象的那样，我们必定非常惊讶，它本来应该建立在我们的观点之上。现实开始变得模糊不清，就像魔术师的把戏一样，突然间我们连事情怎么发生都不知道了。科学同样如此。引力在牛顿看来可以用万有引力来描述，特殊情况我们才会诉诸爱因斯坦的广义相对论。我觉得大多数时候，引力，也就是牛顿的理论，就是现实。当我们考虑宇宙学，发现万有引力不再适用的时候，那就换个方式，再以爱因斯坦的视角去理解。

好，接下来我将要诉说宇宙的故事。我们的宇宙大约有138亿年的历史，这是我们已知的宇宙间最早的事情，先于星系，也先于恒星。那时宇宙高达3000度，像太阳一样光亮，声波都可以在其间奔涌穿行，就像屏幕上看到的这样。你们可能学过，声波不能在宇宙空间传播，那是假的。声波是可以在宇宙空间传播的，但波长必须极长。你们不必幻想一般的叫声能被听到，因为声波波长必须达到大约450 000 000光年。在提出大爆炸理论之前——我们稍后再讨论大爆炸——我不知道大爆炸之前是什么，不知道大爆炸是什么，我不知道这些问题的回答，这些问题可能根本无法回答，我现在连如何回答这些问题都不知道。

WMAP卫星拍摄的宇宙微波背景辐射

直到我们能够探测到恒星的光并像彩虹一样接收到光谱的那一天，宇宙学诞生了。每个原子和分子都有特征的吸收线或发射线，我们可以利用这些谱线，判定某个天体的元素组成。氦之所以以太阳来命名，就是由于我们首先在太阳上观测到了氦的谱线，之后才在地球上发现了它。Westö Marvin Serves这位天文学家，大多数人可能都没有听说过，他因观测到火星运河而出名，但随后人们发现运河无非是一些火星的地表特征。业余时间他还观察了一些天体，1916年时他们还不知道那些天体就是星系。他发现了这些星系都有个有趣的特征，即绝大多数情况下，星系的谱线存在红移。这在1916年仍是个谜团，他将其解释为运动产生的多普勒效应。我们熟知的多普勒效应，比如说，一辆警车正向你驶来，警笛声的波长会因为运动而被压缩，声调相应变高，当它离你而去，声调变低。光也是一种波，自然也存在相似的效应。当天体离你而去，光波波长拉伸，颜色就会变红，波长压缩，颜色就会变蓝。因此当时他们认为是星云，而我们今天认为是星系的东西，其光波波长似乎都在拉伸，伸长就意味着它们都在离我们远去。那么问题出现了，我们好像处在宇宙中一个特殊的地方，所有物体都在远离我们。这是1916年重大的宇宙学疑难。要想解释清楚，必须测量另外一个物理量——距离。距离是非常难以测定的，你总不能在我们和临近星系之间放一把尺子。注意到，一个物体越远，它的光越暗弱，我们可以利用亮度来测量恒星的距离。这正是1929年埃德温·哈勃[①]所做的。他观察了邻近星系中最亮的恒星，用其亮度判断它们的距离。他发现，运动越快的星系，它的恒星越暗，也就是说，运动越快，距离越远。他旋即向世人宣布了他的发现。这就是他的数据，观察一个伟大发现如何呈现在纸张上面是再重要不过的事情。这是一些数据点，距离越远，运动越快，从这张图表里哈勃看出，宇宙是膨胀的。他为何这么说？我们来看宇宙，让它膨胀起来，再把它覆盖

---

[①] 埃德温·哈勃（Edwin Harbert, 1889—1953），美国天文学家。1929年发现了关于距离与红移之间的关系的哈勃定律，被称为是"20世纪天文学最大的发现"。

好，看它的前前后后，我们就能看到一个观察者眼中的图景。我们处在中心，临近的天体在宇宙膨胀一点时就会有很明显的运动，测量速度也会发现它们运动得很快。你所看到的就是哈勃所看到的，在膨胀的宇宙中，不论你在哪看到的都是一样的。

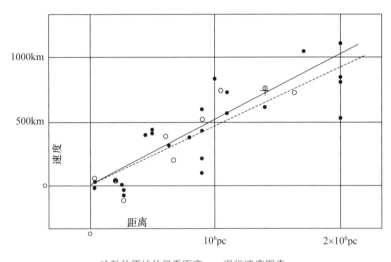

哈勃的原始的星系距离——退行速度图表

爱因斯坦提出的广义相对论，预言了宇宙要么膨胀，要么收缩。1917年他开始思考这个问题，写下方程式，希望解决宇宙的进程。在牛顿看来，宇宙空空如也，这是宇宙方程的恒定解。爱因斯坦处理问题时发现宇宙是动态的，不膨胀就会收缩，他也不知道这到底意味着什么。他仔细思考之后提出，宇宙不应该是这样的，他要做一件事情，当发现理论肯定是对的但和事实不符的时候，任何优秀的理论都会做这件事情，那就是捏造出一个因子来使理论和观测相符，该因子就是宇宙学常数。然后他发现，空间拥有了能量，能量是与空间联系起来的，在广义相对论的讨论下，这个能量会排斥万有引力，也就是万有斥力。加上这一项之后，斥力会抵消引力，空间会变为静态。问题是如果一只蝴蝶在宇宙间某一处扇动了一下翅膀，那么整个宇宙都会受到影响而脱离静态，而这无法调和。1929年爱因斯坦自己承认"我这事做得像头驴"。所以即使是爱因斯坦也会犯错，何况我们！爱因斯坦的宇宙膨胀和哈勃的有些许不同，当你观察一个遥远天体，你看到的是历史，光线穿过很长一段正在膨胀的空间才来到这里，而不是天体实际在远离。正因为光穿过的这段空间正在膨胀，光线才会被拉长。所以由于宇宙膨胀，天体越远，光线也就被拉得越长。这和万物都在远离我们有很大的区别。

我们再来考虑宇宙膨胀，天体远离，那如果我们反过来看，想想过去，万物不断地接近，最后总有一个时刻是万物的起源，这就是宇宙大爆炸。所以大爆炸是人们得知宇宙膨胀之后很自然的反应。想要回避这个观点，你还真需要费一番功夫绕一番脑筋，这是宇宙膨胀相应的很自然的结果。在图像中看看这个过程：我要把宇宙反着推演，小点构成的细线显示了宇宙的历程，而线的斜率就是现在宇宙膨胀的速率，以红移的形式用速度将天体区分开来，它们可以与距离很好地符合。如果测量宇宙膨胀得有多快，就能算出大爆炸什么时候开始，也就是距今有多少年。当我和何子山初次见面的时候，我们还没有意识到这是个很伟大也很重要的事实。我们一同工作了几十年，答案还是受到两个因素的影响。我打算博士论文就研究这个方面，在我开始研究的3年11月零4天后，我认识了何子山。我也把我的答案告诉了我的博士导师Robert Kirshner，我的答案是什么？我算出我们宇宙的年龄是140亿年。当时我是世界上仅有的研究这方面的学者，因宇宙年龄的测量广受好评，但这只是一点微小的工作。

还有一方面需要考虑，在图中那条线是直的，但我们知道引力吸引着宇宙万物，我们有理由相信，宇宙膨胀的速率会随着时间变化，也有理由相信，在引力的作用下宇宙膨胀会减慢。因此，宇宙中物质数量是比较合理的，如果有着足够合理的数量，宇宙历史可能不会有140亿年这么长。1993年我博士毕业之时，人们认为的宇宙年龄还是100亿年。这带来的问题就是，宇宙比最古老的恒星还要年轻。我们天文学家并不是非常吹毛求疵，但是确实希望宇宙年龄起码要长于最古老的恒星。

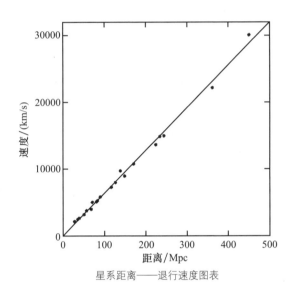

星系距离——退行速度图表

接下来再看宇宙的未来,宇宙的过去让我们可以去预见未来。我们望向未来,如果宇宙引力不强,那么宇宙膨胀不会减慢太多,它会一直膨胀下去,直至永远无穷无尽,这样的未来是无限的。如果宇宙中物质较多,引力较强,宇宙膨胀就会减速,如果宇宙间物质多到一定程度,宇宙便不再膨胀。就像我在这里扔起来一个球,引力会让它减速再把它拉回来。宇宙也是一样的,它会停止膨胀,并转为收缩。所以似乎所有的宇宙都有大爆炸,但不是所有的宇宙都有大塌缩,就是大爆炸的逆过程。因此,在考虑宇宙的未来时,必须考虑其减速,这昭示了我们宇宙最终的命运。那它具体是怎样的?根据爱因斯坦的广义相对论,质量使时空弯曲。如果宇宙间物质非常多,那么它会在四维空间中弯曲在自己身上变成球状。这里不只有三维,我们还得加入时间这一维度。这样的宇宙特别有趣,它弯曲在了自己身上。我现在朝向一个方向前进,足够长的时间后,理论上我可以回到开始的地方。这样的宇宙里,三角形的内角和大于180°,就像在地球表面。如果你想不通为什么三角形内角和大于180°,那么不要盯在纸上,去看一个球面,就像地球表面,这里的三角形内角和确实是大于180°的。较轻的宇宙则会膨胀而远离自身。然而正确的宇宙却在有限和无限之间摇摆不定，因为第一个宇宙弯曲在了自己身上，是有限的，在空间上有限，在时间上也有限。一种宇宙有始有终，而另一种只有开始而没有结束，这种是无限的。

那么我们如何测定宇宙的过去？这需要很多很多步，测量哈勃常数的对应值，也就是宇宙膨胀的速率，我们可以以此追踪过去的事情。这也正是我1994年去澳大利亚工作时所研究的。方法就是我们测量宇宙膨胀的速率，再和之前的对比。如果宇宙匀速膨胀，现在和以前都是一个速率，那么那条线就应该是直的，速率始终不变，宇宙就是无限的，将会永远膨胀下去。另一方面，还有一种历程，如果宇宙膨胀减慢的速率快于这个速率，我们知道引力占了上风，宇宙是重的，也是有限的。如果宇宙膨胀减慢的速率比这个速率慢，那么引力处于下风，宇宙是轻的，将会无限膨胀下去。倘若我以这个方法测量，我们还需要另外的天体作为回望过去的工具，回顾几十亿年的宇宙历程。这种天体必须特别亮，它发出的光线才可以穿越几十亿光年的距离来到地球，我们才能以此测距。这时候中国历史派上了用场。公元1006年5月，中国古代的天文学家在杭州记录下了有史以来最亮的客星[①]。这颗天体比金星还要亮100倍，可以与月亮半面照亮的时候相比。中国古代天文学家记录下了一致的信息，这颗星星出现在哪里，它怎么样了。我们把这些记录放在一起就知道，这就是我们今天所知的Ia型超新星。Ia型超新星是上帝赐予天文学家的礼物，它的亮度足够，而且我们对它的了解也已经非常深入。

想要理解Ia型超新星，我们来看像太阳这样的恒星是如何演化的。我们的太阳已经照耀了50亿年，它还可以持续50亿年。有朝一日它会耗尽核燃料，膨胀起来，吞没地球，然后塌缩为一个微小的天体，也就是我们熟知的白矮星。

---

① 译者注：文献记载的地点是开封。杭州可能是施密特教授的错误，可能因为他在2006年曾经参加过在杭州举办的纪念中国超新星记录1000周年的活动。

如果我们的太阳诞生在一个双星系统中，情况就稍微复杂了。其中一颗恒星会先耗尽燃料，随后塌缩，也变成了白矮星，另一颗还有部分物质，那么它还可以用燃料发光发热。但是它最终也会烧完燃料，开始膨胀，此时它可以将物质输送给那个白矮星，使它质量增加，增加，再增加。当白矮星达到1.383（译者注：此值在天文学上称作Chandrasekhar极限，一般认可的值是1.44）倍于太阳质量这个非常明确的数据时，它就变成了一颗热核炸弹。因为白矮星是由碳氧元素组成的，20世纪30年代一位非常著名的天文学家钱德拉塞卡[1]提出，当达到这个上限，白矮星的电子简并压无法抗衡自身引力，最终便会坍缩。现在知道了白矮星达到这一上限就会爆炸。这些超新星会在爆发后大约20天达到最亮，然后慢慢变暗，可能长达数月甚至数年。宇宙间2/3的铁元素是由它们所产生的，所以你们现在坐着的椅子都是超新星爆发创造的。

我们在智利的一个团队研究了如何利用这些超新星来精确测距，我的博士论文就是在这个团队中做的。他们发现这些超新星爆发并不全都一样，有的产生的铁元素很多，亮度高，变亮、变暗耗时长；另一些释放的铁较少，也更暗。但是只要将它们重新标度，就可以测量他们释放了多少能量。这无疑是天文学的巨大飞跃。我们通常乐于处理两个参量的问题。

另外一个巨大的进步是技术上的。全新的凯克望远镜口径达到10米，它们强大的威力第一次让我们有了测量光在地球和遥远的古老超新星之间膨胀的能力。当然首先得找到这些超新星——数码相机这一全新科技应运而生，而天文学家在其发展的过程中也助力良多。商用数码相机大概在1999年出现在市场上，但天文学家们从70年代晚期就用上了数码相机。1994年，第一台四兆像素的数码相机问世了，把几个这样的数码相机一块使用，我们就能为足够广阔的天空绘出一幅图像，并在其中探测颇为罕见的Ia型超新星的踪迹。要知道，一个星系中Ia型超新星爆发的事件大概几百年才会有一次！所以，观测的天区面积必须非常大。

---

[1] 钱德拉塞卡（Subrahmanyan Chandrasekhar，1910—1995），印度裔美国籍物理学家和天体物理学家，1983年获诺贝尔物理学奖。

当时我在去澳大利亚的路上。我又前往了智利，并在那里作出了一个决定。现有的技术和思想已经足够让我们用实验手段回溯远久的过去，测量那时宇宙膨胀的速度，并把它和现在的情况做个比较。我在导师Nick Sanchev的指导下完成了这个项目。

有这个想法的人并不止我们。由萨尔·波尔马特[①]领导的加州大学伯克利分校的另一个小组几年前也开始了这样一个项目，不过他们并未使用最新的技术手段。这样，两个小组间展开了一场竞争。竞争有好处，它会激励你更快地把工作做完，同时这也意味着任何错误都会很快被指出来。这么说来，竞争有不少好处。然而最大的挑战在于，当时的电脑计算能力远逊于今，因此寻找那些遥远的超新星很困难。问题有多大呢？这张图里有5000个星系和八百万像素。每天晚上，这样的照片要拍摄一千多张，数据量大概有15个GB。那可是1994年，我们能用的最快的电脑也比你手里的苹果和三星智能手机慢得多，最大的硬盘容量只有1GB。我们得把这一大堆数据搜集在一起再去仔细处理。还有一个困难之处在于，我得自己编写我们需要的软件——可不像现在一样，现成的软件库里都找得到。

一个极其遥远而庞大的星系团的影像

---

① 萨尔·波尔马特（Saul Perlmutter, 1959— ），美国劳伦斯伯克利国家实验室天体物理学家、伯克利加州大学教授，美国国家科学院院士。

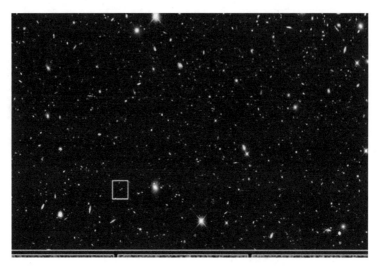

一颗遥远的超新星

这是我们的发现之一。这个小小的星点是一颗在50亿年前——那时候地球都还没诞生——爆发的超新星。如何发现呢？比较前后两张照片。这就是我们工作的方式。我们先拍上一张照片，然后去大海捞针。为了让你看得明白点，我们团队在智利工作时，配有四米望远镜，挂着当时世界上最大的数码相机。加州大学伯克利分校的Greg Aldrin是我们的竞争对手。当时世界上只有两座足够我们工作的望远镜，所以我们和竞争对手共用着这些设备。

我们一边观测天空，一边收集数据。我的软件每天处理15GB的海量数据。每天山上所有的电脑都在同时开动处理着数据。有趣的发现倒是不少，但是超新星却不多。这就像在血汗工厂里一样，工作人员倒着班筛选数据里有意义的部分。时间非常紧迫，因为24个小时之内数据图表就要被送到夏威夷，在那用凯克望远镜对准目标拍下光谱，在确定它是不是真正的超新星的同时测定红移。

这是我的团队成员艾历克斯·菲利彭科，他是何子山的导师。

这是另一位成员亚当·里斯，他和我一起获得了诺贝尔奖。而萨尔·波尔马特就在隔壁的望远镜前工作，因为当时只有这两座望远镜能胜任这一工作。

竞争确实非常激烈,不过我们差不多每天都能见面,而且大多数时候还会开开玩笑。

艾历克斯·菲利彭科(Alex Philipenko)

亚当·里斯(Adam Riess)

那么我们发现了什么呢?1997年,亚当·里斯把第一张图像传给了我。这就是那张图像。图上的每一颗超新星都可以用来测定它所在的那个位置,那个

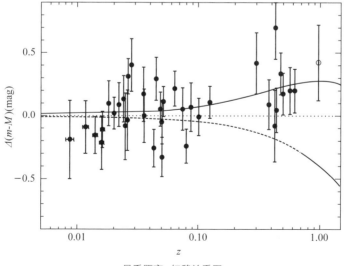
星系距离-红移关系图

年代宇宙究竟在以多快的速度膨胀。数据的置信等级是68%。肉眼无法判断在宇宙近处到底是什么情况——就在图上这一部分，然而看看距离遥远的这些星系吧——图表下面这一部分意味着引力战胜了斥力，可这里连一个数据都没有！这也就意味着，显然我们的宇宙不会有终点，它并不是有限的。但让我感到更加困惑的是，平均而言，遥远星系的代表点并不在图上的黄色部分，这一部分意味着宇宙的膨胀是减速的。相反图标顶部聚集的数据告诉我们，宇宙过去的膨胀比现在慢，它一直在加速！

不得不承认，第一眼看到这个结果我极其惊讶，也没有喊出阿基米德那句著名的"尤瑞卡（知道了）"。我跟亚当说："咱们到底弄错了什么？"我们花了几个月的时间数次检查了计算的每一个环节，最后不得不承认所有的数据都是独立可靠的。这个发现站得住脚。根据统计数据，我们99.95%地确定自己的结果。对于生物学家这个确定度已然很好，但对物理学家却还差那么一点意思。然而独立于我们的加州大学伯克利分校的小组也得到了相同的结果。1998年，事情渐渐明朗起来，两个团队发表了自己的结果。我们的确定度都有99.95%，加在一起确定度就有99.9995%了。这个确定度已经足够让大家确信这个结果，并开始思考它的含义。当然，接下来的几年里大家对我们的结果做了应有的验证工作。必须说这个时候我还不知道这个结果是什么意思。我明白它告诉了我们宇宙在加速膨胀这一表面现象，然而这却并不是那么容易接受——因为最后推出了一个结论，整个宇宙的70%都是我们一无所知的东西！

这个困惑我的结果让我在2011年荣膺诺贝尔奖。下面第一张照片是2011年我们团队在斯德哥尔摩的留影。不难发现其中一个女的都没有——1995年的天文学界就是这样。好消息是现在的天文学界30%的人员份额已经属于女性，所以不管你是男是女，没必要被这个性别比例吓跑。下面照片里是另一支团队，他们人多势众，也有几位女性成员，这是最好的。

加速膨胀的宇宙：一项酝酿已久的诺贝尔奖　　179

另一位诺贝尔奖得主波尔马特（第一排左7）的研究团队

没人告诉过我获得诺贝尔奖是怎样的一种体验。你们中一定会有未来诺贝尔奖的得主，我来讲讲当时我的经历，等你领奖的时候，你就能装出经常拿奖的样子了，好吗？第一件事是在机场有司机欢迎你。如果你看过英国的某个电视节目，这个叫作斯蒂克的司机一定不会显得陌生，正是他接待了我——这位荧幕上的赛车手带着我们在斯德哥尔摩兜风。我们也走了那条红地毯——有许多必须遵守的规矩和程序，诸如必须从某个门进入之类，这也都挺不错的。然后你就能见到瑞典国王了，他会给你颁奖，然后接待你的是公主殿下。两位公主殿下和我共进了晚餐。维多利亚公主非常健谈。所以如果得选一个皇亲国戚陪你，我建议选一位女士吧。

那么推动宇宙的究竟是什么？只需回到爱因斯坦的那个"大错误"上来。他的那个大错误，强加上去的因子——"宇宙学常数"，其实就是我们要找的东西。它现在叫暗能量，作用在宇宙上的效果不是往里拽，而是往外推。关键的问题在于为了符合我们的观测结果，宇宙得是由下面这些成分组成：30%的物质向里拉，70%的物质向外推。这个结果挺有意思，但是它最后却告诉我们，不管剩下的70%到底是叫斥力还是其他什么名字，我们压根儿不知道其存在。

第一批检验我们工作的是我在澳大利亚的一些同事。他们的技术手段只能检测引力，而他们所做的事情是给宇宙及其中所有的星系绘制一幅精确的地图。这幅图里足足有221 000个星系，宇宙的结构就像泡沫一样——是引力构造了这个结构，这种力量支配了宇宙的样貌。

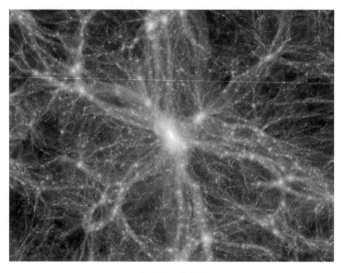

宇宙大尺度结构

我们能做什么呢？改变一下宇宙构成的参数，用1，2，3，4四种模型分别在计算机上模拟宇宙的结构，把它和实际的观测做做比较。

统计地比较一下这几个模拟结果，模型3胜出了。此模型中，30%的宇宙成分互相吸引，30%的引力成分恰到好处。所以天文学家们"称天"的手段是：模拟出宇宙最合适的组分，以便它既不向内卷曲，也不向外卷曲。

这就是我们测量的第一部分：宇宙里有多少成分是互相吸引的。下一个测量结果是：这互相吸引的成分数量5倍于我们已知的由原子构成的物质。对这个问题——暗物质——我们不打算深究。暗物质我们也不知道是什么，不过看上去宇宙里到处都存在着比单独的原子物质所产生的强5倍的引力。我们怀疑它是一种尚未被发现的粒子。就像穿越着地球的中微子，这些粒子很有可能正在穿透着我们的身体。接下来的十年里我们有希望在大型强子对撞机或是地下深埋的探测装置里发现这种新的粒子。原子物质和它们之间的碰撞虽然罕见，但却一定会发生，我们只需坐等即可。这仍然是个谜。

下一个重要的检验就在那张宇宙诞生后38万年的"照片"中。我告诉过你们图中有飞溅的声波。声波的原理已经弄得很透彻了，它有这么几个结果。第一，随便往什么材料里扔一块石头，看看声波的传播特性就能知道这材料是水还是糖浆或是别的什么东西。宇宙大爆炸起到了往这个宇宙的水池里扔石头的作用，看看这些声波是怎么传播的，就能明白宇宙由什么构成。结果是，宇宙由原子物质和暗物质构成。暗物质只和其他物质发生引力相互作用。声波也可以用来探测暗能量，因为通过它我们得以测量这次遥远的闪光的距离。怎么做到的呢？声波有其特征尺度，具体在这里，特征尺度是45万光年，利用它我们就能测量宇宙的形状！为什么呢？我们都知道，近大远小，当然在膨胀的宇宙尺度上这不一定对，不过用这个特征尺度，我们就能用几何学的手段做测量。还有一件事可以做：弯曲的宇宙里，光线也会偏折，光线偏折时强度会发生变化，要么变强，要么会变弱。所以观测这些声波的强弱，就能看出宇宙的形状。试想,坐在车上的你看到这个东西在变小,而当它向另一个方向弯曲,则会变得大些。所以声波的尺度和宇宙的形状有关。这个测量非常非常精确地表明,宇宙在小于1%的误差范围内是平坦的——宇宙正好是平直的。

这个检验并不关心宇宙的组分究竟是在牵拉还是在排斥,它对各种物质都很敏感。这样它告诉我们各种组分相加达到100%的宇宙是平坦的,其中30%互相吸引,这是我们从星系的测量中获知的,而剩下70%就是神秘的暗能量,这个比例跟我们在超新星测量中所需要解释观测结果的比例一样。

把这些放在一起,我们发现宇宙乱七八糟——其中的95%我们都一无所知,只有那5%的原子物质我们有所了解。然而尽管听起来有点不可思议,这个宇宙模型精确地预言了自1998年以来我们所做的一切宇宙学观测结果。

回到现实中来吧!说到现实,现实是什么?现实就是对宇宙中非常复杂的事物做出可检验预言的能力。把我刚才提到的那几个比例数字稍加变动,所有的预测都会失效。这就是现实,尽管有些滑稽,但它确实描述了我们所居住的这个宇宙。

现在,如果观众中有澳大利亚政府的工作人员,他们一定会问我:你们为什么要做这些事情?我总是回答他们:因为好玩。然后他们就会接着问:凭什么我们要给你做的这些你看来好玩的事埋单?因为有用。我们现在的这些想法曾经在互联网的发明中起过作用。我相信互联网是现代人类社会最伟大的发明。比如说我在澳大利亚的同事乔纳森,他是个天文学家,然而WIFI是他发明的。这不是他专门发明的,只是他最终失败了的蒸发黑洞搜寻计划的副产品。能让人类社会取得进步,让我们发明新事物的想法不可能提前规划。但只关注已经懂了的东西,也就只能发明已经知道的东西。像我们所做的研究非常重要,它在不断地催生着新的思路,鼓励人们冒着风险尝试。当然,把这些想法变成产品也很重要,不过这是另一件事了。两件事都很重要,断不可偏废。

中国有许多科学计划,比如研发下一代30米口径的望远镜。这望远镜的威力将会非常强大,当然造价也会十分高昂。依我之见,这需要整个国家和她的青少年来仰望星空,需要给他们找到一个学习物理、钻研化学、探究生物的理由。(望远镜)可以帮助我们寻找邻近的地外生命,可以帮我们研究宇宙中的第一批恒星,可以帮我们更深刻地理解暗物质和暗能量的奥秘。人们对于天文的热情需要去激发。仅仅告诉十岁的孩子们我们要建一个30米口径望远镜并不会让他们觉得心潮澎湃,我希望你们都能投入到这项伟大的科普工程中去。

那么宇宙的未来会是什么样的?宇宙的未来会是一场战争,暗物质和暗能量之间的战争,引力和斥力之间的战争。打个比方,就像在一个盒子里,盒子越大,其中的引力就像我们一样,不会变化,所以随着时间的推移,引力就会越来越弱。然而暗能量(也就是斥力)就在盒子本身里,它不会被盒子的膨胀稀释。所以宇宙的未来看上去要属于暗能量了。空间越膨胀,产生斥力的暗能量就越多,这会产生更大的空间,更多的暗能量。滚雪球一样的正反馈失控了——空间在暗能量的作用下越膨胀,膨胀得越快!将来空间诞生的速度会比光的传播速度还要快,也就是说,当邻近星系的光线向我们传播时,它事实上是在空间中行进,空间的膨胀太快,光子最后会在我们和邻近星系的空间膨胀中搁浅、困住!

在跑题之前,我要强调的是,屋子里的我们并没有膨胀。这是暗能量的密度,这是地球的密度,之间相差了30个数量级。原因是在宇宙的这个角落,130亿年前引力打败了暗能量,这让银河得以形成,让地球得以诞生。所以空间的这个角落在坍缩,我们和临近星系之间那几乎空无一物的空间在不断地膨胀。

未来的某一天,我们会最终和邻近的星系,比如仙女座大漩涡星系合并。这个邻近的星系处在引力占上风的范围内,大概40亿年之后这次碰撞就会发生。其实更恰当的比喻是两群蜜蜂的相遇而非列车的碰撞,所以最后的结果大概还好,将会是一个巨大的星系的形成。

至于空空如也的宇宙空间会有什么命运呢?如果你非要打破砂锅问到底,

知道精确的结果，唯一的方法是成为全知全能的存在，你需要的是所有的知识，然而我们对暗物质、暗能量的了解还十分有限。也许未来暗能量会发生什么变化，把宇宙的膨胀减慢下来，或者让它甚至更快地膨胀。如果不能掌握所有的情况，那一切皆有可能。不过，除非暗能量突然消失，在不太遥远——大概50亿年之内——的未来里，宇宙会以越来越快的速度膨胀，并且褪色，最后留下各个大学天体物理系里一群失了业的天文学家们，因为宇宙间再也没有什么可观测的东西了。

# 加速膨胀的宇宙：一项酝酿已久的诺贝尔奖

## 现场问答

**Q**：施密特教授，我非常喜欢您的讲座。我们都知道宇宙在膨胀，那么您是怎么看待宇宙的中心和边界的呢？

**A**：很好。居住在我们这个宇宙里或者是哪怕任何一个宇宙里最美丽的地方在于：宇宙的中心就是大爆炸本身。因为时空有四个维度，在水平方向，竖直方向，当然还有纵深方向，还有时间维度！所以，宇宙的中心就是所有的宇宙所共有的那一点。138亿年前，所有的宇宙都在一个点上，这样你就是宇宙的中心，你应该已经意识到这一点了。不过不光是你，138亿年前宇宙间的一切都是其中心。

至于宇宙的边缘，嗯，我们并不是特别确定，我们知道的是宇宙几乎是完美平直的，这意味着它比我们能看到的至少要大1000倍。那在我们能看到的范围之外有什么？我们不知道，因为那里的信息不可能传递到我们这里。记住我说过现实是什么：现实就是你能检验的那些想法，然而关于宇宙的边界一切想法都不能验证。不过我还是能想象爱因斯坦会怎么说。他会说下面这两件事一定有一件在发生：要么宇宙是无限的，它没有边界，因为无限没有边界；要么宇宙在时空上是内卷的，这样它的边界就是未来。因为宇宙随着时间在膨胀，不难想象它的边界不是$x$方向，不是$y$方向，不是$z$方向，而是未来。

**Q**：施密特教授，我有一个问题，您刚才把宇宙微波背景辐射叫作声波，不过据我所知，宇宙微波背景辐射绝对不是声波，而是大爆炸之后几十万年宇宙突然对光子变得透明时发出的电磁波。我不认为它是声波。

**A**：你在这里看到的，就是声波。发光的是炽热的物质，它们发光的机理和太阳发光的机理相同，那就是热辐射。物体被加热时会发出黑体辐射。然而如果只有黑体辐射，这张图片会变得非常的光滑。你在其中看到的那些涟漪，就是声波。这些声波在那个发着光的炽热宇宙里被限定了。你是对的，然而正是声波让这张图片饶有趣味。如果没有这些声波，这张图不过是一张不包含任何信息的3000K的黑体辐射图罢了。

**Q**：那么您所提到的声波就是宇宙早期的密度涨落？

**A**：声波在宇宙一诞生时就产生了。我拿水池打过比方，这就是宇宙中被激起的涟漪。也许是暴涨或是别的什么激起的吧。而这些涟漪以声波的形式向外传播。所以，事实是你没错，宇宙在发光，而其作为黑体发光的原因——氢原子被电离，电子和氢核分离，而在3000K时氢原子又一次复合，这时宇宙突然对光子透明。不再发光的宇宙突然被抓拍了。你可以试着想想——就像宇宙突然间脱光了衣服，然后我们看到了他。

**Q**：教授，谢谢您的讲座。我有一个也许有些简单的问题，关于您刚刚提到的红移。我们知道根据多普勒效应声波会发生红移，然而根据爱因斯坦的假设，光速在任何参考系里都是一样的，所以光波也有红移吗？

**A**：我不是很确定我完全明白你的问题。你是要问红移和多普勒效应是否相同吗？这是你要问的吗？

**Q**：不，不，不。我是说，对声波我们知道它按牛顿定律运动，然而对于光，在空间的所有地方它的传播速度都是光速，所以当两个光子即使在同一个方向上运动，它们的传播速度也还是光速。所以我的问题是光也有红移吗？

**A**：好，我觉得我明白你的问题了。当我们考察光在空间中传播的方式时，广义相对论可以做出计算。所以确确实实在任何观测者看来，光在空间中的传播速度都是300000千米/秒。就算你站在我这，我以99.99%的光速运动，从你的角度看来光子的速度依然是那么大，从以99.99%光速运动的我的角度来看光子的速度还是那么大。这是相对论的基础，可以用不同参考系时钟的区别来处理这个问题。广义相对论和狭义相对论稍有区别，当空间产生，它也在拖拽着光子。这是个很有趣的问题,不过我不会那么详细地解释,但是为了让你有大概的了解,可以试着想想这张图中的某一光子,它发出时离我们有多远?现在,如果测量图中的物质,它离我们27亿光年远,而光子发出时的距离要近得多。然而空间膨胀得很厉害,光子整整花了138亿年才到达这里。空间的膨胀在拉远光子,而我们一直坐在这里等着它的到来。这是逆流而上冲着空间膨胀的旅程,在这个过程中光子发生了红移。红移就是光子在这个逆宇宙膨胀潮流的过程中付出的代价。为了跟踪宇宙中的物体,我们有必要平衡掉空间的膨胀和光子红移的影响。广义相对论是其工具,在这个理论中可以做详细的计算。很抱歉没有详细回答你的问题,不过希望你对这个领域已经有了大概的认识。

**Q**:谢谢何教授和施密特教授,谢谢这场精彩的报告。到现在我们只介绍了以超新星为载体的宇宙距离测量,我想问的是有没有其他的关于宇宙加速膨胀的证据呢?

**A**:当然!这是个很棒的问题。有很多确证宇宙在加速膨胀的途径。如果我在做的是物理学学术报告,我会花上不少时间讨论这些其他证据。第一个证据也来自超新星。尽管我们当时只有几十个数据点,现在已经有5000多个了,而且测量非常精确,精度高于1%。新的方法也有,那就是声波——这些声波最终形成了星系。可以想见声波在这张图中所显示的星系分布结构的波动上留下了印记,也就是说我们有了一把尺子!25万光年跨度的星系,膨胀的空间,我们可以指出宇宙今天是什么样的。我们这把尺子是这样工作的:观察早期宇宙的声波在今天的样貌,我们就能掌握它的尺度,这叫作重子声学振荡。

在澳大利亚我们做过这种测量,而在美国,规模更大的测量也进行过。我们能够探测宇宙在过去的那段时间做过什么,得到的结果和超新星测量给出的是完全一样的。所以,宇宙确实在加速膨胀。还有其他一些不太直接的测量手段。当然重子声学振荡是直接的,它完全相似却使用了不同的技术手段,给出了一模一样的答案。

**Q**：谢谢。我想问一下，如何将科技成就转化为生产力？比如现代科技，怎么用它们促进我们发展的进程？

**A**：我认为这需要我们站出来，向公众解释科学是怎样让社会进步的。看看人间的苦难，听听人民的呐喊，也许很容易断言今天的世界依然一片黑暗。然而，今天和昨天相比，越来越少的人挣扎在贫困线上，而科技的进步是其根本原因。尽管叙利亚内战之类的波折还在继续，不管你相不相信，世界确实在变好。我们要反对悲观主义，要反对那些"躲进小楼成一统"的观点，因为科学和技术在让这个世界变得更好。看看人类的寿命。现在中国人的平均寿命在70岁以上了，然而在我小时候情况并非如此。在我有限的寿命里我见证了这片土地的变化。我出生时澳大利亚人的平均寿命比现在中国人的平均寿命短几年，然而在我48年的生命里这个数字增加了15年。世界在变好，世界变好的很大一部分原因是科技的作用。当然，科技同时带来了不少问题，我们也应该与之斗争。但我想，我们每个人都有责任站出来，告诉社会，告诉人民，告诉学校里的孩子们。我还是个研究生的时候我就经常去学校做科学讲座，告诉他们我在做什么。为什么呢？因为这很重要！明天你会到中小学去吗？也许不会，但你们有机会去。他们不会主动邀请你，但你有必要，有权利，有机会去告诉他们，世界遵循怎样的规律，世界怎样能变得更好。每个人都有这份责任。

专题演讲

# 运动：生命的特征
## Motion: Hallmark of Life
## From Marsupials to Molecules

2015 年 09 月 09 日 14:00
北京大学化学楼 A204 报告厅

**马丁·卡普拉斯**
**Martin Karplus**

马丁·卡普拉斯教授 1930 年出生于奥地利维也纳；1953 年在加州理工学院获化学博士学位，师从著名量子化学家莱纳斯·鲍林教授。1954-1955 年在英国牛津大学从事博士后研究，1955-1966 年任职于美国伊利诺大学。1966 年至今，卡普拉斯教授同时在美国哈佛大学和法国斯特拉斯堡第一大学任教授职务。凭借其在生物分子的分子动态模拟方面的成就，他荣获 2013 年颁发的诺贝尔化学奖。

卡普拉斯教授主要从事核磁共振谱学、化学动态学、量子化学和生物大分子的分子动力学模拟方面的研究，曾经提出有关耦合常数和二面角之间关系的卡普拉斯方程（Karplus equation）。他的学术经历是对交叉研究最好的诠释，涵盖了物理、化学和生物等多个领域。除此之外，他经历丰富，兴趣广泛，是一位摄影和烹饪爱好者，曾举办过多次摄影展，并出版了个人摄影集。

主　办：北京大学
承　办：北京大学国际合作部
　　　　北京大学化学与分子工程学院

# 专家导读

撰文：北京大学化学与分子工程学院高毅勤教授

马丁·卡普拉斯（Martin Karplus）是一位美国的理论化学家，同时拥有奥地利国籍，现任哈佛大学化学系退休名誉教授和法国斯特拉斯堡大学教授。他于1930年出生在奥地利维也纳的一个犹太医生世家。他的近亲中有多位在科学，特别是生物学领域作出了突出贡献。虽然是犹太人，其家族在二战之前的奥地利享有相对尊贵的社会地位和优越的生活条件。卡普拉斯教授回忆儿时常会提及家里拥有当时还十分少见的汽车，以及他不小心将汽车开下山坡的惊险。但是二战的爆发改变了这一切。他在八岁时随家人逃离纳粹占领的奥地利赴美国投奔亲属，过了一段寄人篱下的日子。其父母也不得不靠打短工维持一家人的生活。少年时的这一段苦难经历给他带来深远的影响。他对人生和社会都有自己独到而冷静的思考，注重效率和实用，但又充满人文的关怀，稍显悲观中努力寻找美，一生奋斗不止。

虽然生活艰苦，在波士顿的少年和青年时代还是带给他许多美好回忆。他和哥哥都喜欢化学（他的哥哥后来也成为一位有名的教授），一直渴望得到一套化学实验装置。考虑到安全问题，他的爸爸给了他一架望远镜，卡普拉斯教授也因此爱上了观鸟，并喜欢上了生物学。他分别于1950年和1953年取得美国哈佛大学和加州理工学院的学士和博士学位。博士期间他由生物转而学习化学，师从近代化学之父Linus Pauling（鲍林）。1953年至1955年，在英国牛津大学的世界著名理论化学家查理·库尔森的实验室从事博士后研究，并得以游历欧洲。巧合的是库尔森还培养了2013年诺贝尔物理奖得主黑格斯。卡普拉斯教授回到美国后先后在伊利诺伊大学、哥伦比亚大学和哈佛大学化学系任教。有意思的是，在伊利诺伊大学提供卡普拉斯教授职位的时候，库尔森的推荐信并没有寄到。他在伊利诺伊大学不但推导出了著名的核磁Karplus公式，并且结识了E.J. Corey（诺贝尔化学奖得主）和A. Kupperman等维持一生亲近关系的好朋友。

卡普拉斯教授在20世纪60年代便开始用计算机研究化学反应。在科学的发展过程中，人们对物质世界的认识经历着从定性到定量，从微观到宏观，从现象到本质的不断进步。分子世界的复杂性和多样性一直激发着许多代科学家的兴趣。从最基本的物理原理出发在原子分子水平获得对复杂化学世界的本质理解和预言是理论化学家孜孜以求的目标。在其中，众多科学家作出了卓越的贡献。2013年诺贝尔化学奖授予卡普拉斯，Michael Levitt 和 AriehWarshel，以表彰他们在"发展复杂化学体系的多尺度模型"中所作出的贡献。其中，J. Andrew McCammon, Bruce R. Gelin和卡普拉斯1977年在《自然》杂志上发表的第一篇有关蛋白质分子模拟的研究论文，将利用计算机模拟理论研究生物大分子的研究方法推上了历史的舞台。在这项工作中他们初步建立了蛋白质的分子力场和分子模拟程序，第一次实现了在计算机中"跟踪与观察"蛋白质分子的运动。虽然整个模拟的时长仅为8.8皮秒，无论从体系大小、动力学时间尺度还是模拟时长来讲，都是非常初级的，然而这项工作所使用的思想和基本方法一直被沿用下来，影响可谓深远。今天，分子模拟作为一个研究工具，日益成熟，使科学家们可以在计算机里"观察"复杂分子结构的变化，分子间相互作用和化学反应。

除了科学研究之外，卡普拉斯教授还是一位活跃的摄影爱好者。他不但发表了自己的摄影集，还在许多地方举办过个人摄影展。对他来讲，摄影和科学研究一样，需要静静地置身事外地观察与捕捉。他曾经有点不好意思地承认，在欧洲游学时把大量的时间和有限的薪水主要花在了不断的旅游和拍摄中。他还是一个美食和美酒爱好者，对厨艺极其着迷。在他的学生中流传着的一个故事是：正在餐馆就餐的他，会突然从餐桌旁消失；然后被发现在厨房里显身手，和厨师聊得十分开心。这些爱好没有阻止他在科学上的成功和对学生的培养。实际上，世界各地有超过100多名卡普拉斯教授的学生或博士后在著名大学任教。他把这些人称为"Karplusians"，并时时关注他们的成长，常常想通过他曾经的学生们继续激发对科学问题的思考。从这个意义上讲，他是真的学不会服老。当他关注艺术和科学时，总是纯真得让人忘记他对学生严格到几乎不近情理。也许这与他童年和少年时的经历有一些关系。

运动：
# 生命的特征

非常高兴来到北大，感谢高毅勤精彩的介绍。高毅勤过去是我的博士后同事，很高兴看到观众中有很多青年同学，更加高兴的是看到观众中女性占了很大的比例，比我在哈佛大学看到的比例要高。我认为两种不同性别的人员在一起工作很好（注：这时音响设备出现了故障，一声巨响，听众都笑了），这里不允许讨论这个话题吗？好吧，我会在设备坏掉之前赶紧开始我的演讲。我这次演讲的主题是从动物的运动出发，进一步深入到使这些运动发生的分子层次上，我会在报告中追寻这样一条思考途径。这个领域有很多可以讲的，显然我不能在这次演讲中囊括这个领域的所有结果，我将会选择我认为最有趣的部分给大家讲。

负鼠是北美洲唯一的一种有袋类哺乳动物，就是说新生命诞生在育儿袋中，而不是像有胎盘的动物，新生命诞生在胎盘中。ATP合成酶分子，ATP分子被称作生命能量的来源，ATP合成酶就是产生ATP的分子。我的演讲会以某种形式把这两部分联系起来。为什么我选择负鼠，如你所见，负鼠的大小和小猫近似，它很活泼，是北美唯一的有袋类动物。我试图在亚洲找到负鼠，但据我所知亚洲没有，它们大部分生活在澳大利亚。至于它们为什么没有跨越重洋到达亚洲，没人知道，在网上还没有这个问题的答案。

但在实际上，在说选择谈论负鼠的原因之前，我想和你们谈下哺乳动物的进化树。在哺乳动物的历史中，化石记录也证明了，很早之前，大约1.7亿年前，鸭嘴兽与其他哺乳动物在进化树上分开，属于很早就分开的分支之一，所以鸭嘴兽也是目前唯一产卵的哺乳动物。然后很久以后，大约1亿年前，袋类哺乳动物和胎盘哺乳动物之间分离。

现在回到负鼠。这次演讲的题目是生命的标志。负鼠有非常特别的一点，当它害怕时，它有特殊的反射，倒地不起，就像死了一样。这个特点的生存价值是可以迷惑许多它的捕食者，特别是鹰。例如当鹰试图捕捉活的猎物的时候，如果它看到负鼠死了，躺在地上不动，它们会忽略它继续寻找下一个猎物。其实负鼠还有另一种能力，不能说是能力，是一种反射，就是处于昏迷状态时会释放出一种具有极强伪装性的味道，闻起来就像它已经死了很久一样（译者注，负鼠的英文单词就是装死的意思）。我现在在这儿无法展示这种味道，大家应该很庆幸。目前已经发现，负鼠的这种反射，实际是一种非常广泛的现象，从昆虫到哺乳动物都有。

猪鼻蛇是一种在新英格兰地区非常常见的蛇，这种蛇会装死，更为科学的术语是强直性静止（tonic immobility），这种现象被观察到很多次。1646年，有人看到了鸡倒地不起就像死了一样，一段时间之后，鸡又活过来了。他们由此得出结论，在倒地的这段时间，鸡以某种形式在与上帝交流。这种现象是如何发生的呢，目前还不知道，有一个假说是，这种现象源于受到刺激时大脑中心发生一种不自主的反射，有许多神经元共同参与这个反射。

这次讲座给了我机会谈论我的祖父，我父亲的父亲，他是维也纳大学的教授。事实上，他发现了下丘脑不是通过神经元传递信息，而是通过激素。大致来说他所做的是分离出了猫的下丘脑，并且发现下丘脑和其他部位不是通过神经元连接。他刺激猫的下丘脑，发现猫的瞳孔仍然能够打开，他和他的合作者由此继续推断，信息的传递是由某种流体物质，而不是通过神经脉冲。在这之后，最近有研究发现，下丘脑是脑中唯一通过激素作用的部分，而大脑其他部位则是通过神经元细胞连接。另外一项最近的研究说，当人类在受到攻击的时候，通常会有三种反射表现，第一种是还击，第二种是逃跑，第三种则是完全不动。当几个人在谈话的时候，例如一群男人和女人交谈，突然受到攻击，通常最受惊吓的那个人会完全僵在那一动不动，所以人群中剩下的那个也是最受惊吓的那个人。

让我们继续我们的故事，接下来我们从活体动物的运动会讲到运动的分子基础，这可能才是我有机会被邀请在这做演讲的原因，因为这也是我三年前获得诺贝尔奖的原因。我们知道原子运动的方式是由量子力学的原理所描述的，但非常重要的是，可以使用经典力学来实现复杂体系的动力学描述，并且在大多数条件下经典力学的描述是足够的。为什么这一点非常重要呢？当我们对$H+H_2$这个三原子分子的反应进行量子力学计算的时候，即使是如此简单的一个反应，要得到它的量子态计算结果也会耗费大量的时间，更何况一个300个原子的体系，比如说一个非常简单的蛋白质分子折叠或者动力学。用量子力学去计算一个大分子随时间演化的动力学的过去和现在是不可能的。目前的研究水平也仅仅是刚开始使用近似的量子化学方法来计算。

下面我给大家展示的就是我们在20世纪70年代所做的真正意义上的第一个计算模拟蛋白质分子的结果。当时我们可以得到三原子碰撞反应随时间演化的动力学录像示意，但还不能得到蛋白分子随时间的轨迹录像。这个蛋白叫作BPTI——牛胰蛋白酶抑制剂（bovine pancreatic trypsin inhibitor）。这是一个有58个残基大约500个原子的蛋白质分子，它有三个二硫键。我们最近又对这个蛋白质分子做了模拟计算，大家可以看到这个分子仅仅是在它的平均结构附近来回摆动，并不能看出这个分子的生物学功能是抑制胰蛋白酶。

接下来继续到下一个阶段,刚才说到有的动物,当它们活蹦乱跳的时候,当然看起来是活着的,但有时候它们遇到天敌装死的时候,一动不动就像死了一样,其实它们还活着。所以很自然会提出一个问题,生命中的分子和人造的分子有什么区别?我们用分子动力学模拟的方法来研究并且试图回答这个问题,这个方法也是这个诺贝尔奖的基础。我们研究了两个同样大小的体系,都是153个残基的体系,一个是人工合成的高分子——一个侧链仅仅是甲基和氢原子组成的分子,另一个分子是生命体系中的蛋白质分子——肌红蛋白,由不同氨基酸组成。我们对这两个体系做了分子动力学模拟计算,它们的计算模拟结果非常类似,都是在平衡结构附近摆动、扭动,看起来几乎没有什么不同,所以单从分子运动上讲并不能区分生命分子和人造分子。问题在于,是什么使得这些生命体系中的分子如此独特,我们只是知道它们的结构是由长期演化决定的。

关于肌红蛋白的结构,大家知道它是由八个螺旋结构组成的,铁离子在蛋白中央,并且铁离子可以结合氧,作为肌红蛋白行使功能的作用位点。因此肌红蛋白可以储存氧,并且在身体肌肉需要的时候释放氧出来。

提到运动,不得不提伟大的物理学家理查德·费曼[①],也是一位诺贝尔奖得主,他说"原子的振动和扭动,能够解释生物的任何事情"。这所谓的振动对于我来说就是BPTI分子在它构象转换时在平均结构附近的摆动,扭动就是分子构象转换。有

费曼

---

① 理查德·费曼(Richard Feynman,1918—1988),美国物理学家。1965年诺贝尔物理学奖得主,美国加州理工学院物理学教授。

趣的是，我偶然读到2000年前一位罗马诗人卢克莱修①所写下的一段话"原子是永恒的并且总是处于运动中，世间任何事物不过是原子的随机运动。足够长时间之后，任何事物的都会被再次以相同或不同构象形成，最终会产生我们所知道的所有事物。"古希腊哲学家对于液体比固体有更弱的键连曾经有过很细致的理论，对于液体本身的性质也有很深了解。并且古希腊学者有过一套很详细的原子理论学说，但是被遗忘了大约2000年，直到道尔顿再次提出他的原子论，并且是在没有受到古希腊原子理论影响的情况下。我一直在思考，现代社会，我们人类的知识似乎都存在云端，也就是网络中，但是如果哪天发生什么事，比如太阳爆发之类，把人类所有知识全都擦除掉，那人类将处于什么位置？我今天演讲包含的所有内容将不复存在。我当然不希望这种事情发生，但这确实是有可能的。

BPTI的计算模拟结果如下图，左边是初始结构，右边是3.2皮秒模拟后的结构。α碳原子用圆圈表示，形成二硫键的硫原子用有点的圆圈表示。

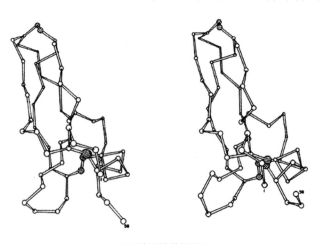

BPTI的计算模拟结果

---

① 提图斯·卢克莱修·卡鲁斯（Titus Lucretius Carus，约前99年—约前55年），罗马共和国末期的诗人和哲学家，以哲理长诗《物性论》（*De Rerum Natura*）著称于世。

我想引用的另一段话是我的合作者Andy McCammon在他接受口述历史采访的时候说的。我们合作完成了第一次蛋白质分子的计算模拟，他在接受采访的时候说了如下一段话"当我第一眼瞥见一个酶分子作为一个生物催化剂，为了执行它的功能在不停息运动的时候，我立刻感觉到这是一项前无古人的开创性的研究工作"。我自己也仍记得，当我们一起看到BPTI分子在不停摆动的简单模拟时的感受，我感到进入了新世界，并且足够幸运的话，我们肯定能够把分子模拟发展为有用并且能产生贡献的工具。

接着回到演讲的主题，分子在生命体系中所扮演的角色。还是以肌红蛋白为例，大家从图上可以看到，蛋白分子边缘有一块空的区域，这是氧分子的结合位点。大家可以看到，在作用位点关闭的时候，氧分子是无法进入或者离开作用位点的。结合位点其实是由组氨酸来控制和保护的，组氨酸残基的运动控制着氧分子是否能够结合。

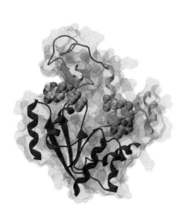 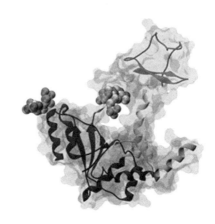

1. 关闭的结构　　　　　　　　2. 打开的结构

腺苷酸激酶动力学

Andy在陈述中已经提到，这种分子的保护作用，在酶中更加重要。我们将以腺苷酸激酶为例，来细致地研究这个问题。2A-P-P→A-P-P-P+A-P，这种激酶就是将两分子的二磷酸腺苷在一起作用，把一分子磷酸转移到另一个分子上,最终生成一分子三磷酸腺苷和一分子单磷酸腺苷。酶的重要性在于,如果你考虑到底物分子,也就是反应物分子必须要到酶的活性位点,才能使得催化反应发生。所以酶必须要保护活性位点不受水的干扰,因为水分子总会导致很多副反应的发生。而且酶分子必须要让所有有催化活性的残基各就各位。在保护活性位点的同时,还要在反应之后把产物释放出来。所以自然界把蛋白分子发展成为具有这种结构的大分子,以至于分子间转移只需要极少的能量。你们从分子轨迹示意图中可以看到,两个反应物分子进入体系,接着蛋白质分子调整折叠构象,得到适合催化反应的活性反应构象。仔细看的话会发现,右边的磷酸盐分子会跳到另一个分子上,接着活性位点会再次打开,释放出反应的产物。事实上,自然界已经优化了许许多多这样类似的酶分子的结构,活性位点的真实反应速率已经不再是速控步骤了,这时候产物的转移是慢过程,这个体系就是非常好的例子。

2A-P-P → A-P-P-P + A-P 在关闭结构时催化形成ATP。

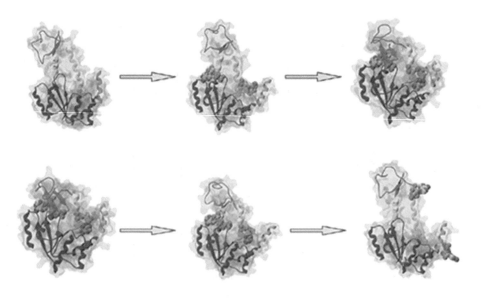

腺苷酸激酶催化动力学过程示意图

我之前提到肌红蛋白是储存氧的重要分子，所以在可以潜水的哺乳动物的肌肉中发现大量肌红蛋白就不奇怪了，因为当它们游泳潜水时需要大量氧来产生ATP。肌红蛋白首次的静态结构解析是由约翰·肯德鲁爵士[①]得到的。他在1963年用X射线衍射解析并得到了肌红蛋白的晶体结构。他使用鲸肉来提取肌红蛋白。其实在二战后很多英国人还吃鲸肉，而今杀死鲸来提取肌红蛋白是违法的，人们采用基因工程的手段把肌红蛋白的基因放在大肠杆菌里，来合成肌红蛋白。许多生物实验都是采用的这种方法。

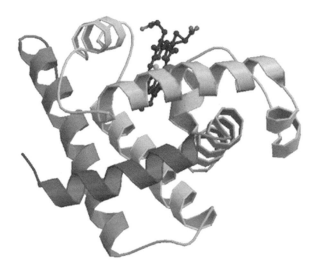

肌红蛋白结构图

来源RSC PDB库，PDB号1MBN，http://www.rcsb.org/pdb/explore/explore.do?structureId=1mbn
抹香鲸肌红蛋白三级结构于1960年由肯德鲁用X射线衍射法阐明，这是世界上第一个被描述的蛋白质三级结构。

水生哺乳动物对我们理解这些事作出了重大贡献，所以请给我机会展示一段海豚的漂亮的影像——自旋的海豚。我们不知道海豚为什么这么做，可能是

---

[①] 约翰·肯德鲁（Sir John Kendrew, 1917—1997），英国生物学家，1962年因为对血红蛋白的结构解析，为结构生物学做出开创性的工作获诺贝尔化学奖。

为了求偶，或者仅仅是为了乐趣。水生哺乳动物需要更多的肌红蛋白。大约15年前的一个研究，人们发现海豚其实没有足够的氧来长时间地潜入很深的水下。有人拍摄了海豚潜水的影片，我们看到海豚通过尾巴和滑行来潜水，它们不是连续地摆动鳍，而是摆动几下之后滑行一段时间，这样会减少阻力。研究中说这样能节约30%的能量。这样节约的能量就能够补偿海豚所缺少的20%的肌红蛋白。

海豚自旋

那么氧的作用是什么？刚才我已经暗示，氧是用来制造ATP。把ATP在水中水解掉得到磷酸和ADP会释放30千焦/摩尔的能量，如此多的能量释放会使得周围水环境的温度上升一些。大家知道1千卡的能量能使1升水升高1度。这真是提高水温的好办法，可能其他地方会用到这个特点吧。

另一方面，如果没有ATP，有的化学反应不会发生，例如一些氨基酸和脂质分子的合成就不能发生。如果把ATP耦合在这些反应中，会使得自由能更利于化学反应的发生。这是ATP的一个重要用途。ATP的另一项重要的用途用于许多各式各样的马达蛋白质中。其中一个例子是肌球蛋白，下面我会细讲这个例子。

事实上，虽然细胞是一个高度有序并且十分复杂的系统，但把细胞说成是由各种分子机器组成的集合是描述细胞很好的一种方式。细胞中许多重要的元素都是分子马达，这些分子马达把能量转化为运动。例如肌球蛋白在肌动蛋白上行走，驱动蛋白在微管上行走，在行走的时候以一种高度有序的方式运输了一些细胞中的材料。其中还有一种非常重要又不行走的分子马达，待会我们会讲到，这种分子马达是用来合成ATP的。

这是一个显微镜下的实验结果。我们可以看到驱动蛋白在微管上的运动，我们还不完全清楚这种行走的分子机理。我们在示意图中可以看到，当ATP结合到驱动蛋白上，驱动蛋白左脚结合在微管蛋白上时，消耗一分子ATP并且前进一步，右脚结合在微管蛋白上，消耗掉一分子ATP又前进一步，分子真的就像我们走路一样行走。目前有一些证据显示，当一些分子间结合作用发生的时候，行走就会发生。驱动蛋白行走有许多重要的生物功能，其中一个非常重要的功能是抑制有丝分裂。在细胞分裂的时候我们必须要把染色体拉开，执行拉开这项功能的分子就是驱动蛋白。所以当驱动蛋白有一个突变使得它不能正常行使功能的时候，细胞就不能分裂了。所以当我们定向地在癌症细胞中抑制驱动蛋白的功能的时候，我们就在杀死正常体细胞之前特异性地杀死癌症细胞。癌症细胞的分裂比正常细胞快10倍以上，有许多正在进行的试验正在测试这种方法。

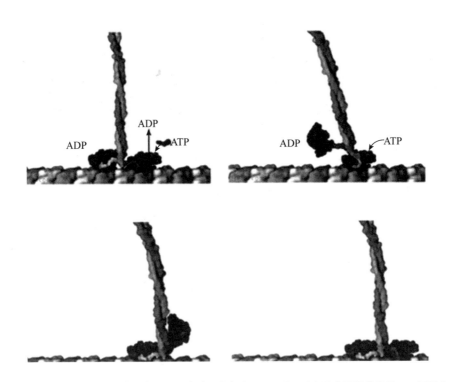

驱动蛋白在微管蛋白上行走示意图,两个球蛋白相当于两只脚,由ATP分子提供能量,一只腿向前一步,结合在微管蛋白上,释放出ADP分子,如此反复便形成了行走的过程

另外一件和驱动蛋白相关的事情发生在大脑中,并且与脑细胞的衰老有关。我们的大脑神经细胞通常有非常长的树突,这些树突又连接着另外的细胞。为了使这些树突有存活所需的能量,能量物质必须沿着这条长路运输很长的路程。这时候驱动蛋白的出现又解决了大脑细胞中的这些问题。另外一项没用但是很有趣的一点是关于病毒的。我们都知道病毒非常聪明,它们的聪明也是它们危害产生的关键。病毒其实是在不断学习的。如果病毒仅仅依靠从高浓度到低浓度的扩散,它们从一个细胞转移到另一个细胞可能会需要10个小时,但是病毒附着在囊泡的驱动蛋白上的话,仅仅需要10秒钟时间。

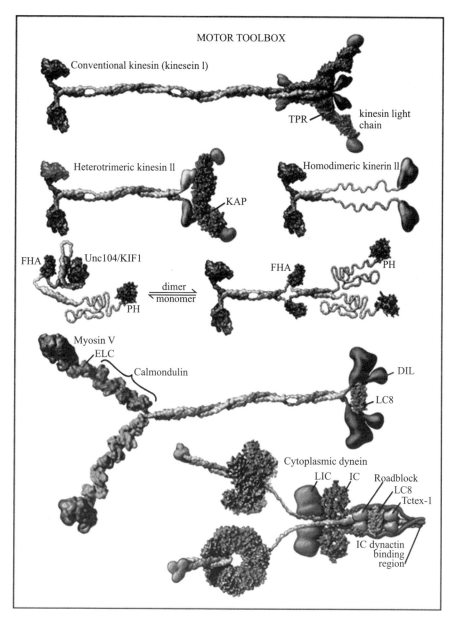

不同种类的分子马达图像
R. D. Vale, 2003. Cell, 112: 467-480

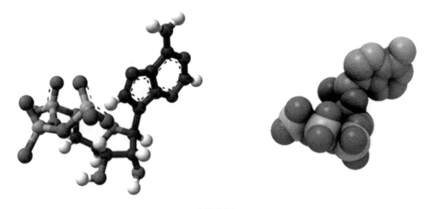

ATP分子
ATP分子的三种模型，依次为价键模型、球棍模型、范德华球形模型

下面我继续有关ATP新陈代谢的问题。这里展示的是ATP的水解。研究表明，一个成年人一天需要40千克的ATP，但这里的使用不意味着用完就消失掉了。事实上人体中ATP的总量只有250克，也就意味着这些ATP只够坚持10分钟。所以ATP不断地由ADP和磷酸合成，每个ATP每天大约会被不断重复使用500次，那么这些合成发生在哪呢？

绝大多数ATP是在线粒体中被合成的，线粒体也被称作细胞的能量工厂。真实的线粒体，大约和一个细菌的细胞差不多大。下方是一个绘制的线粒体示意图，示意图上有很多东西，其中包括ATP合成酶。一个细胞中大约有1000到2000个线粒体，每个线粒体有大约15000个ATP合成酶，所以每个细胞有大约3000万个ATP合成酶。

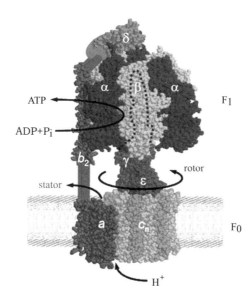

$F_oF_1$-ATP合成酶结构
$F_o$为跨膜亚基区域，$F_1$为膜外亚基

1 Cell, 123: 195-205, October 21, 2005, Copyright 2005 by Elsevier Inc. DOI 10.1016/j.cell.2005.10.001
2 Senior, A.E., Nadanaciva, S., and Weber, J. 2002.The molecular mechanism of ATP synthesis by $F_1F_0$-ATP synthase.Biochim.Biophys.Acta, 1553: 188-211.
本图片来自文献1，在文献1中，作者提到他引用的是文献2的图片，并且经过了文献2作者的同意。

  无论何时何地，当你需要能量的时候，ATP合成酶都是万分重要的。图片中展示了两部分，在细胞膜外的那一部分是由质子驱动旋转。

  在细胞膜内的部分，简单来说是由氢离子浓度梯度差驱动的转动马达，但是驱动的细节还不是很清楚。我们可以看到γ亚基伸入到了上面的系统，上面的系统由六个亚基组成，其中三个叫作α亚基，另外三个叫作β亚基，起到催化活性作用的是β亚基，当有ADP和磷酸分子输入的时候，就能制造ATP了。大约十年前，当高毅勤还是博士后的时候，他发表过一篇关于这个蛋白机器很重要的文章。反过来，如果给这个系统提供ATP，能使得γ亚基转动。当有人把肌动蛋白用链霉亲和素连接在ATP合成酶的时候，因为肌动蛋白非常大，所以很容易在显微镜下观测到ATP合成酶引起的肌动蛋白转动。

当我第一次在《自然》杂志上看到肌动蛋白转动的时候，我对自己说，如果分子动力学模拟能为分子生物学做一些事，那一定要去计算和理解这个体系。从那时起直到现在，我们还在努力地去了解到底发生了什么？这个蛋白机器系统既能够合成ATP又能利用ATP作为转动马达。接下来展示的是我们的分子模拟的结果。简单来说我们所做的就是改变β亚基的构象，然后观测这对γ亚基的旋转有什么影响。从模拟轨迹中我们可以看到γ亚基先转动了5°。接着转了35°。如果仔细观测，可以看到γ亚基的转动是和β亚基的构象转变并列发生的。再看一遍可以发现是β亚基的构象转变导致了γ亚基的转动。

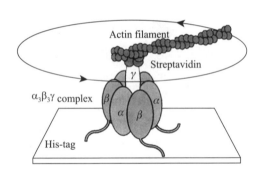

Actin filament 肌动蛋白纤维
$\alpha_3\beta_3\gamma$ 复合体
His—tag 组氨酸尾巴
下面为盖玻片
这个系统是用来观测γ亚基的转动，连接肌动蛋白可以直接观测到γ亚基的转动

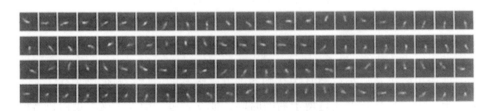

此为文章中的显微镜下的蛋白复合体照片
Noji, H., Yasuda, R., Yoshida, M., Kinosita, K. and Itoh, H. 1997.
Direct observation of the rotation of $F_1$-ATPase. Nature, 386: 299-302.

最后，我要感谢我这些年的合作者，非常感谢！

运动：生命的特征 209

## 现场问答

**Q**：非常感谢卡普拉斯教授，您对神经系统非常感兴趣，并且您在您的诺贝尔颁奖演讲中说道，如果您再年轻30岁，您将会去模拟大脑。现在我是一名非常年轻的学生，但是我仍然在高毅勤教授的研究组做分子模拟的研究。请问教授如何从分子层面来研究大脑？

**A**：首先一点我需要说明的是，关于对大脑问题的思考，起始于30年前，那时我对分子模拟有一点点疲倦的感觉，我想做一些新的东西。所以我花了大约两年的时间研究关于我们知道的大脑的所有方面。因为我的研究组很大，包括毅勤在内，有很多学生。我在工作中经常和他们交谈，从这点来讲，你会发现，我工作用大脑的时间多过我做分子动力学模拟的时间。但是我意识到，那时候关于大脑的知识还非常局限。我的研究工作可能会对这个领域有用。现在，世界完全改变了，有许多人在研究大脑活动深层次的细节，他们得到了大量信息。我现在老了，无法知道所有的信息，但是这些信息等着被分析。问题是你怎么去分析这些信息，请稍等片刻，我去找一下刚才的一些幻灯片。

我的许多研究都是意外发现的珍宝，碰巧需要一些有趣的事。神经系统能被如此细致地研究，部分是因为一种特别的小虫子 *C. elegans*，它的神经系统很早之前已经在基因上被解析出来了。20世纪80年代的研究已经显示，所有正常的小虫有302个神经元和大约6400个突触。

当我们研究蛋白质分子动力学模拟数据的时候，我注意到有些神经科学家在研究轨迹的时候和我们有类似的方法。结果确实是能用我们研究蛋白质模拟轨迹的分析手段来分析这些虫子的轨迹。所以研究轨迹有很广的用途，我不是说这一定是来研究神经系统的最好的方法，但是我们确实正在开发基于蛋白质动力学轨迹分析的方法，用来研究从大脑中得到的TB级别的数据集。因为你是毅勤的学生，你已经在研究大脑了。

**Q**：您认为我们能通过复杂体系的计算模拟得到一些简单有力的结论吗？我是一名研究生，我对几千个神经元做一些计算模拟，但是我只得到了大量复杂的数据，我认为自己还无法得到一些重要的、令人信服的结论，想请问您对这个问题的看法？

**A**：只要是大脑肯定是很复杂的，特别是人脑更是如此。有人对大脑做很细致的研究，包括神经元是怎么被激活的。

**Q**：非常感谢您的演讲，听了演讲之后，现在我部分懂得了ATP合成酶是怎么工作的。但是我还想知道为什么我们要研究ATP合成酶，为什么要模拟它？

**A**：这个问题我有两种答案。

第一种回答是，因为我想知道这个问题的答案，满足自己的好奇心。

我想延伸一下你的问题——为什么基础研究很重要？我并不知道懂得ATP会有什么用，但是很有可能十年之后这会很有用。有很多酶的抑制剂就是基于此的，例如HIV抑制剂。有很多很重要的研究点，并且是政府没有注意到的。我可以给出很多基础研究最终产生应用价值的例子。

我认为年轻人应该做的基础研究是那种能使你感到巨大兴奋的问题，而不一定是政府和公司在之后发现其有具体效用的。

**Q**：上一个假期我阅读了一本叫作《生命是什么》的书，是物理学家薛定谔以一个物理学家的身份来描写生命的作品。您今天演讲的主题是生命的特征，我想问，在这么多年的计算工作之后，您对生命的定义是什么？

**A**：这本书第一次出版时候我还非常小。这本书给人一种感觉，让人感到你能懂得生命的机理。生物学发展到现在，我不是第一个人如此说，也有许多专家说，薛定谔在这本书中的一部分是对的，大部分东西并非正确。尽管如此，这本书还是非常具有启发性。就像鲍林《化学键的本质》一书。那本书让读者产生一种能很好理解化学的感觉。我认为启发性是很重要的。关于我对生命的定义：这是一个非常复杂的主题，病毒是活的，但是病毒并不能养活自己，人们也在寻找最简单的生命系统。

**Q**：我总是在想，有着非常复杂功能的、如此精细巧妙的分子，如何能够自动组装成为一个如此复杂的系统，想请问一下您的观点。

**A**：我想我可以把这个问题转述为，我有一个信念，我相信从物理和化学的角度能够解释这个问题。

**Q**：您相信神吗？

（高毅勤教授："这个问题不太适合吧，这个问题太私人了。"）

**A**：我倒是很高兴回答。这是一个关于信仰的问题，我个人的信仰是我相信自然界是可以被理解的，即使理解有时可能是有错误的。目前我还没有神存在的证据，而且迄今为止我还是相信世界可以被研究和理解，在这么多年研究之后，我还得诺贝尔奖了。

# 后　　记

作为"大学堂"顶尖学者讲学计划开展三年以来的一个回顾与总结，这本《科学之路行与思——诺贝尔奖得主北大演讲录》终于面世了。

设立于2012年的"大学堂"顶尖学者讲学计划（Peking University Global Fellowship，简称"大学堂"讲学计划），得益于北大名誉校董尹衍樑先生及其光华教育基金会的慷慨捐赠。该计划以北大创建世界一流大学为目标，旨在通过邀请全球各领域的顶尖学者来校举办讲座、开设课程，进一步提升北大的智力层次，增强北大的学术水平和综合竞争力。三年来，该计划有序推进并逐渐发展成为代表北大最高学术水准的知识传播平台之一。截至2015年底，已先后邀请27位顶尖学者来校讲学，他们中有诺贝尔奖、拉斯克奖、图灵奖等科研领域重要学术奖项的获奖人，也有人文社会科学领域的原创性思想家、重要理论的开创者。这些大师与我们分享世界最前沿的思想和智慧，交流他们各自领域的学科动态和研究进展，使北大师生受益良多。

本书所收录的八位自然科学领域的诺贝尔奖获得者，均为过去三年"大学堂"讲学计划邀请的顶尖学者。他们的讲学活动不仅包括高端学术演讲——这构成了本书的基本内容，也包括与北大一线科研人员和学生的深入对话交流。他们与大家分享了世界水准的科研成果与研究方法，也分享了科研中的艰辛与快乐，他们还推动了北大相关实验室建设以及国际科研合作的进展，为北大创建世界一流大学的工作作出了重要贡献。科学之路，且行且思，通过本书，读者不但可以领略科研的甘苦，而且可以体会创造与发现的喜悦。

在八位学者讲学计划的执行过程中，分别由北京大学物理学院、化学与分子工程学院、生命科学学院、分子医学研究所、科维理天文与天体物理研究所等院系或科研机构承担了学者的邀请、接待和活动的安排；为了促成本书的出版，各单位还组织人力撰写"同行导读"并进行演讲稿翻译。具体参与翻译的情况如下：宋戈翻译"博伊特勒演讲"、李刚翻译"恩格勒演讲"、汪远翻译"韦尔切克演讲"、姜鹏翻译"纳斯演讲"、王士博翻译"天野浩演讲"与"中村修二演讲"、李泽峰、张湛伯翻译"施密特演讲"、何智力翻译"卡普拉斯演讲"。在本书出版之际，谨对以上单位和参与者致以衷心的感谢。同时，由于本书成稿于演讲现场的录音、翻译整理，有部分现场的影像资料不便呈现在书稿中，殊感遗憾。

从世界范围内来看，一流讲学项目与优质出版资源相结合，是提升讲座品牌效应、惠泽更多民众的有效途径。以这本《科学之路行与思》为开端，我们还将与北京大学出版社合作，陆续推出"大学堂"计划入选学者的演讲集或文集，推动讲学成果的传播与深化。欢迎广大读者持续关注。

编　者

2016年4月